收藏
——时光的魔法书

周晓枫／著

收藏：时光的魔法书
SHOUCANG：SHIGUANG DE MOFA SHU

图书在版编目（CIP）数据

收藏：时光的魔法书 / 周晓枫著. —桂林：广西师范大学出版社，2019.7

（极度文丛）

ISBN 978-7-5598-1838-6

Ⅰ．①收… Ⅱ．①周… Ⅲ．①散文集－中国－当代 Ⅳ．①I267

中国版本图书馆 CIP 数据核字（2019）第 099745 号

广西师范大学出版社出版发行

（广西桂林市五里店路 9 号　邮政编码：541004）

网址：http://www.bbtpress.com

出版人：张艺兵

全国新华书店经销

广西广大印务有限责任公司印刷

(桂林市临桂区秧塘工业园西城大道北侧广西师范大学出版社集团有限公司创意产业园内　邮政编码：541199)

开本：889 mm×1 194 mm　　1/32

印张：7.25　　　　字数：105 千字

2019 年 7 月第 1 版　　2019 年 7 月第 1 次印刷

印数：0 001~8 000 册　　定价：52.00 元

如发现印装质量问题，影响阅读，请与出版社发行部门联系调换。

想象中的回忆（自序）

活得殷实，不仅取决于财富，还有对财富的记忆；能否活得确凿，同样仰赖于我们的记忆。我妒羡那些技艺超群之辈，尤其当他们选择写作。他们不浪费被赐予的每株谷穗——在过去和未来，在铺展开的纸页，神都为他们布置了辽阔的丰收。

《博闻强记的富内斯》是我最喜欢的短篇小说，它其实接近一个过分漫长的充满递进和转折的句子，极尽博尔赫斯的修辞才华展现一个人不可思议的记忆力。"我们一眼望去，可以看到放在桌子上的三个酒杯；富内斯却能看到一株葡萄藤所有的枝条、一串串的果实和每一颗葡萄。他记得1882年4月30日黎明时南面朝霞的形状，并且在记忆中同他只见过一次的一本皮面精装书的纹理比较，同凯布拉卓暴乱前夕船桨在内格罗河激起的涟漪比较。那些并不是单纯的回忆；每一个视觉形象都和肌肉、寒暖等的感觉有联系。他能够再现所有的梦境。他曾经两三次再现一整天的情况；从不含糊，但每次都需要一整天时间。"

整天谈论别人的好胃口，这个人一般食欲不振；正如我之所以向印刷机般的记忆力频频致敬，正因为我健忘多言，状态混沌，在浑浑噩噩中丧失时空的坐标……风雪天我上路，又在阴雨季被迫停在迷失的中途。

阅历不够丰富是作家的先天缺陷。写作，甚至改写经历的苦难性质，把它变为财富的藏匿地点。当我试图从往事中有所获取，一个重要的词到来：童年。魔法的产生是因为孩子对世界付出了由衷的信赖，他们相信石头会疼，小猫怀有心事，相信神仙和会说话的苹果树——因为孩子相信奇迹，上帝才会为他们变出魔术。但是同样，我再次面对自己的障碍。作为一个只有今天没有昨天的人，回望过去让人伤感，除了几个短暂镜头，我的近视记忆已看不清童年。那块随时擦去字迹的黑板保持着黑暗的空白，我不能默写曾经的字迹。

但记忆是否值得绝对信赖？被虚荣蓄意提升的部分，因耻辱而回避继而抹杀的部分，天然丢失的部分，幻觉生根的部分……杂质的化合作用，使记忆闪烁不定，并偏离真相。自以为是的记忆有时如同老实人的谎言，我们早已放松戒备。一个人指着自己幼时的照片向你津津乐道，这时，比他的往事更无须置疑的证明是，他失去了那条向童年折返的路径。

比利时作家弗朗茨·海伦斯说："人的童年提出了整个一生的问题，但找到问题的答案，却需要等到成年。"成年不仅意味着童年之后的岁月延续，更承担对谜题的破解。这种破解是远离数学法则的，近乎猜测，所以充满了美妙的假设和向往中的判断。科学可以在骨骼化石上设想羽毛，设想被风托举的飞；如果连骨骼也不再需要，只有文学能够做到。我不得不鼓励自己说：遗忘是必要的，那是为创造预留的宝贵空间；说正是虚线断开的部分，构成省略号中意味深长的效果；说海市蜃楼，比营造任何一座现实建筑，更为激动人心。

我从1997年末开始写作《收藏》，断断续续地进行，比我预想的时间长。围绕这个大题目展开的作品大约有十二万字，出于各种原因，我把其中一些放到别处，使这本书里的篇目在形式和内容上保持一致性。这是在想象中开始的回忆，记忆的参照系数和想象的设计能力共同发挥作用，使我重新成为孩童，满怀好奇，开始打量。一些经验被唤起，一些感受被创造，有时像古老籽粒催开自己封存已久的春天，有时像被嫁接了原本不属于自己的果实——写作过程中，我感到盛开，以及枝头的甜蜜的积累。

想起童年的我敏感得带有夸张的自怜，会因父母的批评郁郁寡欢。躺在床上我把自己假想为孤儿，假想为发现身世秘密后悄然出走的流浪者，旷寒的风把我彻夜吹拂……泪水浸泡着黑暗中的枕头，最后我手脚冰冷地蜷缩着，被绝望包围。想象，使没有孤儿经历的我真的获得了孤儿的体验，这显然于我更为重要。写作这本书，我无意于以考古学家的眼光挖掘自己的过往，在物的指认中被澄清和说明。形似与神似，到底哪个更被尊重？虚构使我逐渐触及比履历表更为真实也更为有效的东西，并且固执了偏见：一根理想的稻草比现实的船板更能让我获救。

感谢孙莹的插图。她的创作自由明朗，让人觉得童话和梦境不仅仅是许诺而已——愿对那些在我阴郁的文字中艰难跋涉的读者有所补偿。

目录

病床	1
词语	19
大地	37
锻炼	55
光影	75
旧物	93
锯木场	111
票证	129
铁轨	147
小荷	165
焰火	185
葬礼	203

病床

黄昏里,燕子鸣叫得格外凄厉。晚霞,像一场浩荡的火焰,等它完全冷却的时候,你就会看到焚毁的代价:整个自然岿然不动的黑暗。燃起的火堆上方,总会飘浮一些草木的断秆;现在天火之外升腾着另外的灰烬,那是焦煤色的燕子——漫空飞动的镰翼,似乎要割断相连昼夜的最后筋脉。燕子的飞行曲线沿着某种复杂的几何图形。有时飞得如此之高,有时又突然受伤似的跌下来,低得让人惊呼。下午我坐在小花园的石凳上,仰头观望燕子。我诧异,它们在高速中翅膀从不相碰。低掠而过的燕子,我窥见它杏黄的喉部,尖叫就是从那个鲜明的部位发出,并在灌木丛上端持久的空寂中扩散开。

眸光藏匿在漆亮的羽色中,燕子飞旋、叫喊,不止不休。它们从不在寒冷中驻留,追逼春天,这些天空中的暗斑,就像不散的阴魂穿插在花束和暖流当中,让人群之中那个唯一的四月诗人有所警醒,不致因沉湎柔情而丧失他最为宝贵的怀疑。

春光明媚，而削薄的燕翼，携带着深秋河水一般的幽暗和凉意。黄昏是一座壮丽祭坛，正在进行某种宗教仪式，那成群的燕子身着法衣，承载圣谕，传递召唤。几只蝙蝠混迹于队伍，飞翔和身影巧妙地模仿鸟，并且，它们反讽般的拟造出人类的五官。披拂光滑的绸面膜翅，蝙蝠短小、覆毛而略带邪恶感的脸，在星光稀少的夜晚，闪进孩子的梦境。燕子和蝙蝠，漆黑的，能从漆黑之中分离出来，因为，它们体内有血。

燕子聚集之地，总是乐于选择宫殿或庙宇，好像执意为历史、传统等带有死亡参与的东西做见证。一座建于21世纪初的医院，从双重意义上符合了燕子的兴趣要求——这片领地，集中着衰竭的心律、逐渐闭合的肺叶、空旷或淤塞的胃、聚积毒素的肝、功能萎缩的肾、错乱的头脑、被药水冲稀的血液……它们表现了共同的特征：与死亡保持危险的暧昧关系。夕光烘托着医院高大的圆柱、大理石的台阶、陷入昏冥的迂回走廊，尤其是屋顶层层覆盖的琉璃瓦——其中一些，上面的深绿釉彩已经剥蚀，露出陶土褐黄的内坯。在那殿堂般的檐角，驻留着几只模样奇诡的动物。率领这些异兽的，是一个束髻的古人，他本人也日日夜夜骑行在一只假想中的动物上，有时是雨流过，有时是雪覆盖下来,他的五官日益模糊,正如他原本不详的身份——他是否担负任务,指引那些终止在病床上的疲倦灵魂前往空气般透明的天国?

熄灯以后,我躺在床上,闻着医院里特有的来苏水味儿……夜巡护士白色的软底鞋无声走过;值班室里青蓝的灯一直亮着,一个刻苦的实习大夫在灯下翻阅病历;一个头脑昏沉的人推开厕所的木门;不能自理的病人拉动线绳,红灯呜呜地低鸣,像扁桃体术后疼痛的喉咙。依然睁着眼睛,黏重夜色停在窗外,而夜色在我眼皮上轻得没有分量。无数次,它们的形象充塞在我视线中——光线渐暗的天空,深潭一般,而那些越飞越高的燕子,也像纷纷投入潭水的石子,很快没入。燕子和蝙蝠,好像一些奇形怪状的字符——事实上,蝙蝠也的确获得了近于书写上的意义,京剧华美的戏装上,刺绣蝙蝠图案,用以表示福祉。我们的幸福,通常由财产和寿命决定,蝙蝠何以与之相连?它们更似偷窃者而非给予者。平衡造就理想,反差构成现实——这个错位的世界,如同要由蝙蝠寓示好运,由深渊烘托烛火,由残疾佐证健康,由死神权威的嘴唇谈起永生。我几乎带着早熟和寓言色彩,幻想燕子和蝙蝠,幻想它们自由、神秘甚至阴暗的飞,来报答日日纠缠我的药片和体温计。

我从小就对医院很熟悉,这是由母亲的职业决定的。她穿着白大褂,眼睛从口罩上端露出来,没有其他五官的配合,我判断不清她的表情是严肃抑或温柔。我跟随她穿越门诊走廊,两侧的椅子上坐满候诊者,疾病的荫翳占据他们的瞳孔。他们的脸空无遮挡。从外貌上,我很快分出医生和患者:医护人员统一着装,分外干净,我甚至从他们的衣装上联想起密封的白色药瓶,他们尽可能少地暴露;而病人,他们顺从出示身体的各个部分——牙痛者张开嘴,展示鲜红的口腔;发烧的人假装习惯地宽下腰带,迎接注射的针头;而手术台上,躺着一个又一个麻醉之下毫无意识的裸体。所谓医疗,意味着药物和器械的干涉,它对我们的保护只能建立在侵犯上,而首先侵犯的,就是一个人的自信与尊严。我见过几个病人家属哇哇大哭地跪在大夫面前,也知道,一个劳模在得知自己病情的当晚服毒自杀,他一生经营好名誉,最后一次,却让他的领导陷入尴尬。

经常出入,我对医院的各个部门了如指掌。我从中得到不少好处,比如,一个阿姨给了我两只用过的注射器,虽然没有针头,但吸满水后是一个别致的滋水枪,足够我在同龄的孩子间炫耀。我还拥有一个玩具听诊器，用白色的塑料材质做的。大人不在的时候，我偷偷翻出妈妈的真听诊器，装模作样地在小伙伴的肚皮上按来按去。用手比画成刀，给假扮的患者做手术，这个快乐的游戏被一再重复，我从未厌倦。手术其实是一桩体面而正义的暴力事件，满足了乖巧孩子隐蔽起的内心需要。有一次，我把听筒的另一端放在自己的胸口，从夹得疼痛的耳朵里，我听到心跳，巨大而陌生，指针般节律稳定，让我觉得自己就像一只钟表——然而谁又不是呢？命运上好了弦，弦长等于寿命，它会在准确的时间停下来。听筒里被放大的跳动声有助于倾听心脏，医院里还有更复杂的仪器，它们功能类似，比如B超的混沌图像，这些仪器都是以类似夸张或变形的方法来做出更准确的判断，就像文学流派里，现实主义难以概括的思想，被荒诞派扭曲、抽象却更精确地指明。

医院永远是个奇怪的地方，让我们惊觉自己的身体是一个神设下的迷局。牙医敲敲打打，病人呻吟起来——牙是随身携带的武器，是我们体内最坚实的部分，看不见的蛀虫却把它们轻易镂空，那么，谁更牢固，谁更有力？中药房里好闻的草根气息，药材一律陈旧的茶褐颜色，词牌般动听的药名……一杆精细的铜盘小秤将它们称量，其中一些甚至含毒。文火煎熬的药壶里，弥漫出浓重的苦味，这就是从芬芳妩媚的花朵和汁液充盈的根茎中榨取出的灵魂。除了宝塔糖和山楂丸，没有其他好吃的药，长大以后我理解了这个象征：真正的拯救要从毒素般的伤害中获得，而糖一样的安慰，仅能短暂缓解局部疼痛。车祸之后，一个中年人肢体完好无损，但却患了失忆症，只记得一双属于自己的旧鞋，想不起走过的路途，为此，他徒劳地一次次求诊。细节是记忆的索引，而记忆是整个生命的索引。鞋，它的方向朝前，却是在为过去积累，现在，这唯一物证，将从原点出发的两条相反路径全都敛回鞋底浅浅的沟槽里，从此守口如瓶，秘而不宣。我们习惯于仰赖回忆，从中确定方位、寻求动力、汲取养料。断除一个人的记忆，带来何种意义的更改——是惩罚吗？像离根一样，让正在盛开的日子突然凋谢；还是给予意外的叛逃机会，一个人可否由于失忆而合理卸下生存责任，展开新生的无限篇章……我看到正是由于嫁接，原本沉寂的植物才得以怒发花朵。一个老人，每日依靠止痛针和片剂度过他受刑一般的残年，绝症折磨他数月有余——所谓绝症，就是对死亡命令的分解执行。身体泄露了他内心的恐惧，呻吟着,他禁不住弯下腰——人在疼痛时为什么会弯腰呢?那是在向他看不见的大神表示臣服和乞求。苦难来源于肉体这一公开的场所,听一听病人的叫喊,你就明白上苍如何通过伤口对他的孩子进行简捷有效的管教。我们的寿命甚至被蓄意地延长,以便使病患更为强大,抵抗更加无效,其间的力量对比能否使控制者得到更大的欢愉?放射科的暗室中,有人从黑暗中窃取情报,X光片上映照出清晰的白森森骨骼,射线如何在瞬息之间抓住最本质的结构,而忽略掉可消可长的血肉?医生仔细察看片子,判断我们是否有骨折、结核或其他更可怕的隐患,联想起黑白颠倒的相片底片,我想医生同样从某种颠覆的原则出发,寻找种种可能的病变疑点——他并未铺平生的坦途,只是要尽力堵住死的通道。生死像一扇门,谁也不能同时在一个平面上客观比较门的两面,只能在它开合的一瞬,对于背面图案有些许了解和猜想。是啊,医院里集中了许多濒死的人,但同时,这里也响起新生婴儿的第一声啼哭。婴儿,如此柔软,如此脆弱,他在阳光絮语般的暖意和细菌潮水般的包围中睡去,你不知道,他离生还是离死更近一些。安静的教学实验室,几个并排摆放的大玻璃瓶泡着月份渐大的胎儿,他们全都采取古怪的蜷曲姿态，硕大的脑壳，紧闭的、并且永远也不会睁开的眼皮，脸上呈现受难似的苦楚神情——这些生命的半成品，仿佛揭示着，人从无到有是一个被动的痛苦过程，深藏母腹的胎儿，默默积蓄着创伤，如果不是这样，为什么无可挽回的降生时刻，所有婴儿都要哭泣？普天之下，没有什么比生更新鲜，也没有什么比死更古老——当生死凝固在一个死婴标本上，它就在福尔马林药液中永不溶解。

疾病，粉碎了"人生永远美好"的口号欺骗，试图让我们恢复冷静的生存理智。世间的完美无时无刻不在被侵犯和破坏之中，就像老人用豁嘴的牙咬开圆整的饼——疾病只是手段之一。有些时候，疾病并非表现为外力的入侵，它就设置在我们体内，长久地，不动声色，等待引爆的契机。我们的一举一动，都在它的监视之下——当一个心脏病患者病情突发倒在地上，这一幕场景早有命运的周密准备。

那是一个星期三的晚上，我已经写完了当天的作业，盘状蚊香慢慢燃着，气味有点儿呛人。我背诵了一遍乘法口诀，然后翻开铅笔盒，盒盖里就印着小九九表，我检查着对错，明天老师要当堂口试。加减乘除是数学的基础法则，但基础正因为处于底层，而不能涵盖整体风貌，就像加减乘除无法包罗数学的全部能量，就像起点之后没有可以预知的路径，就像人间的地基不能保障通往天堂的巴别塔——而一个孩子只从表面看待问题，她无力理解即使在一个标点里也深藏好的伏笔。我只是想把刚学会的乘法口诀熟练背诵，确保赢得五分。就在这时，毫无征兆，我突然感到一阵腹痛。那种疼痛如此剧烈，以至相隔二十年，我依然能感觉到当时的恐惧和绝望。像是落幕，顿时，世界黑下来。

经过大夫温暖或冰凉的手指按压，在他们怀疑或安慰的目光审视下，我在前往医院途中长达一个小时的剧痛转眼奇怪地消失了。归还而来的健康让我放松，同时又感到微微的羞愧，仿佛我在什么地方辜负了急诊大夫的严肃态度。尽管已体会不到任何不适，我还是作为病人住院观察。由于床位所限，我暂且被安排到一个很大的房间，里面除我之外，全是男孩。在医生看来并无不妥，他们认为这个年纪还没有很强的性别觉醒。可是，他们错了。晚上，我缩在被子里，紧紧蒙住头，以免听见男孩们起夜时令人羞臊的声响；而在另一个下午，当我们一起打扑克玩儿时，我正犹豫是否打出手里的梅花7，一个比我大一岁的扁脸男孩当着另外两个男孩的面，把他爪子一样尖利并且有点儿脏的手，突然伸进我的领口。

大夫都是妈妈的同事，加上我并无明显病征，相比来说，我比别的孩子自由些。在迷宫式的长廊里漫无目地穿行，琥珀似的阳光照着并排的窗玻璃，我仿佛身置一个很大的蜂蜡组成的巢里——而我所需要的花蕊，隐伏于遥远。宽大的病衣罩在身上，这是一件疾病特选的包装纸样。而昼夜轮转，一黑一白，时间同样穿着一件条纹相间的病号服。

我总要刻意避开一个地方：太平间，它位于距楼梯不远的角落。有一次我碰见几个啜泣的人推着一辆平车去往那里，轮子摩擦地面不时发出刺耳的声音，大幅白布遮住车上一个隐约的人形。我知道，他是一个长年住院的老人，受尽重重的肉体折磨，以及随之而来的对尊严的羞侮。现在，他终于平静，胸口不再起伏，他放弃所有非分或合理的要求。由于旷日持久的苦痛，临死之前，他早已锐气皆无，变得格外懦弱。妙手回春的圣医只有死神，他把一切病症从根部切除。故事一删再删，欲望一减再减，剩下几个残缺的器官零件，愿我们能幸福地坚持到衰老，直至那一天，子女在门外准备好送别的眼泪，就像背诵着一篇课文,他们要按照惯例通过一场关于孝行的期末考试。这就是我们不断被疾病打扰的一生的总结陈词——也许疾病,正是死神在草稿本上的练习签名;或者,就像我们欠下一笔庞大债务,疾病代表一次又一次的偿付,而这小小努力太过无效,最后我们不得不以性命相抵。当吱吱作响的车子经过我旁边,我不由得战栗,死者引起我们本能的畏惧,而他为了适应另一个世界的寒冷,已事先将身体变凉。太平间,另一个世界的狭窄进口,开启它的玄秘之门——人们鱼贯而入。

  一个平安的星期过去了,妈妈为我办理好出院手续,我感到了仿佛经历过劫难的解放。然而就在这时,又是在毫无预感的情况下,那种毁灭性的疼痛再次到来。我艰难地喘着气,所有的感觉服从于这种疼。只剩下这种疼。人生的诸种经验当中,痛苦是最高的指挥。这次疼痛,让我躺上了手术台。无影灯闪着锡纸一样的光芒,在麻药作用下,光芒放大,模糊,如同一个水晶世界在重击下粉碎,粼粼光片洒落在我逐渐失去知觉的身体上。像鱼一样沉浮,让睡梦之乡的连绵水流漫过眼帘……器械闪着银器的高贵光亮,隐约听觉中,它们"当"的一碰,我记住了那乐器般的声响。

我诧异于自己的奇怪病因。它来自母亲的赐予，我从降生之日就携带着它，一直到被发现，它已被冠名为肿瘤。放进贝母的一粒恶毒的砂子，会在眼泪包裹下变成熠熠生辉的珠粒；而我没有这样的美妙能力，只能接受丑陋事实，它拳头大小，还有类似于胎儿的零星牙齿。这个破损的生命仿制品，潜藏于腹腔之内。母亲留给孩子的，无论悲欢，其意义都要在多年以后才被彻底领悟，而母亲本人，甚至不是知情者。术后，我被转到妇科病房——这年，我还不满九岁。这是一段令人尴尬和羞耻的经历，我将它隐瞒多年，我的无辜似乎因此受到某种玷污。

我是妇科病房里年龄最小的病人。年龄最大的，是一个九十多岁的老婆婆，树胶一样黏黄滞重的泪滴，挂在她布满裂纹的眼角，曾经孕育过十个孩子以上的骄傲腹部，而今像个洗劫一空的口袋般耷拉着——厚厚的一部个人传记，已经写到泛黄的尾声。我和她之间，隔着平凡女人一生的短促悲欢。我还记得一个十八岁的少女，漂亮的病友姐姐，她有深渊一样令整个城池陷落的眼睛。天生的弯曲发卷，烘托面庞上天使一般安详的神情。躺在特护的床上，她身上插着长短不一的胶皮管子，她将保持这种样子，直至度过所剩无几的最后时限。像夏夜无声坠地的朵瓣诀别自己未来秋日的圆满，毁灭有多安静。她在梦想中都未见过遥远之处的爱人，今天，她要死于孤单，死于不可战胜的纯洁。摔碎一只水杯不是悲剧，摔碎花瓶才是，被破坏之物越是完美，越是精妙，其中的悲怆和沉痛力量才越令人震撼。献给冬天的，是透明雪花；捧给黑夜的，是灿烂火焰；而在那冷寂坟墓之上，堆放着祭奠的美丽礼物。这么美丽的少女，她被祝愿着踏上一条越来越亮的通道——是不是那里光线太强，亲爱的姐姐，你才不得不合上疲倦的眼睛？

如果，停下诅咒病痛的愤恨嘴唇，我是否能公正地回溯自己的住院经历？健康，等于无须留意自己的任何器官，一旦你对某一部位考虑再三，意味着那里已成病灶。换句话说，健康令人麻木不仁，正是疾病让敏感重新苏醒。看看散步公园的人们，他们的平庸幸福不值一提；而唯一的智者坐在长椅上，他倾听着收音机，把音量拧到最大——这个盲人，因为看不见，他对这个世界顿生格外的关注。二十年后的一天，我陪朋友去妇科看病。她是一个严谨的人，独身，对异性保持排斥态度。候诊时，病人里出外进络绎不绝，我突然认识到，医院的确是个特别之所，几乎带有荒谬色彩，让某些书本哲学陷入困境。比如，杀人完全可以成为一宗令人感激不尽的善事，如果那是个病人，并且饱受折磨却求死不能；再比如，你可以在一个男性妇科医生面前脱下内裤，却不能与之亲吻——前者是正义的，后者却违背职业道德。我禁不住戏谑一笑，马上，我醒悟了，也许正是那次童年的妇科疾病，促发我女性意识的最早萌芽。

浴室的光洁镜面中，我看到自己腹部有一道竖切的手术瘢痕。它证明着，人们曾经用利器的尖端，切割我处于昏迷状态的毫无抵抗的柔软身体。愈合只能完成于伤口之上——被拯救的人，从此不再完整。

像夏夜无声坠地的朵瓣诀别自己未来秋日的圆满,毁灭有多安静。

收藏

词语

收音机里传来噼噼啪啪的杂音,我拍了它两下,好像好点儿了。收音机的样子很笨重,我抬不动。棕红的木质箱盖,颜色太深了,有些发黑,被一块红艳的丝绒布盖着——总是这样,鲜艳的红遮住暗淡的红,乃至肮脏的红。大大的奶黄色旋钮,当我调台时,那上面的细棱就在手指间滑动……红色指针逐步前进,杂音跟随着,间或有播音员标准的声音传来:"各地人民广播电台联播节目现在开始!""现在是小说连续广播节目,今天请继续收听长篇小说《红岩》!""嗒嘀嗒,嗒嘀嗒,嗒嘀嗒嘀嗒……小朋友,小喇叭开始广播啦!"杂音终于彻底安静了,指针停在固定的位置——这是我喜欢的《小喇叭》节目,孙敬修爷爷又要讲故事了。今天的故事——《狼和七只小羊》,我听过,但我是多么喜欢它,能一直保持新鲜的好奇心。讲故事的老人运用非凡的本领模拟角色,他的声音时而慈爱,时而又追随情节发展,酝酿紧张的悬念。我清楚这故事如何开始,正如清楚它大快人心的光明结局，但每次狼敲门的时候我都要担心，希望这一次，小羊们能明白狼的鬼把戏。

那时，我还不知道童话的真正用意。我只是对自然界充满敬畏，也许诚如童话所言，花草、动物、石头与河水……我们身边的万物随时可能开口。但是，除了告知生活的美丽可爱、潜在的神秘可能、结局处终会被偿还的公正，还有更多的，甚至是残酷的内容，借以童话的动人篇章透露给我们。如果我们不竖起怀疑的耳朵，永远不会理解那为美妙所遮挡的部分。第一次听《小人鱼》，只听到了优美和伤感。长大以后才明白，其中包含的远不止此，爱的代价与无声，理想的筹码和欺骗……还有人神之间的界限，我们永远不能像神那样完成忘我无私的牺牲。

狼用面团塞住嗓子眼儿，用面粉涂白了爪子，骗取小羊的信任：它是在告诉我们，恶最初的策略，是从外貌乃至其细节处仿造善——就像一种拟态的兰花螳螂，在两臂放在胸前的祈祷中，藏拢进攻的利刃，而层层铺开的美丽兰花将为它提供极好的掩护。轻信的小羊如约打开了门，是的，这是善恶之间早已订好的盟约，所以狼吞掉羊，是明火执仗的。一只小羊躲了

还有更多的，甚至是残酷的内容，借以童话的动人篇章透露给我们。如果我们不竖起怀疑的耳朵，永远不会理解那为美妙所遮挡的部分。

收藏

起来才侥幸存活，善只有通过隐蔽，才能偷安。反之，善对恶的偷偷报复，倒似阴谋的不义之举：趁狼睡觉的时候，羊妈妈蹑手蹑脚地剪开狼的肚皮——如果恶处于正常的清醒状态，所谓善对恶的惩治就是奢望。善的胜利更多是智慧上的，而非力量上的。因为恶能无所不用其极，所以在数量上，善其实只有恶一半的手段。善已经可怜到能赢得普遍的同情。故事中最具童话色彩的是羊的复活，这出于好意的欺骗，鼓励孩子们从小开始，相信乌托邦式的因果报应，在浑浑噩噩中度过服从的一生。

听故事的时候我还没有上学，但我已经会写"羊"和"狼"了。仅只这两个字，就足够学习一生。字是睛苹教给我的。睛苹十岁了，瘦削的身材，给人发育不良的感觉；架着一副粉红塑料框的眼镜，眼镜的一条腿儿断过，被线重新绑紧；两条小辫特别细，一根皮筋要在上面绕很多圈；为了达到矫正目的，她的牙齿上勒着两排丑陋的金属牙套。如同这种长相的许多小姑娘一样，睛苹显得心事重重。她微蹙着眉，低头走路，书包带长长的，斜背着，随着她的走动，里面的铅笔盒发出轻微的哗哗响声。我不知道睛苹为何不高兴，以至院里的小孩在玩砍包、攻城等游戏时,她从不参与,甚至要刻意扭过头去。在我看来,睛苹应该是最快乐的,因为她的书包里藏着宝藏。只要解开两个扣襻,就会发现里面有柔软的垫板,薄薄的田格本、数学练习册。我最喜欢她的铁皮铅笔盒,变暗的金漆上,落着几处锈斑和划痕,打开时手指要用一点点力——两支铅笔,一支是中华牌的,另一支是金鱼牌的。由于字迹工整,睛苹已获老师批准,在班里首批使用钢笔,她的钢笔上端有个小巧的熊猫头,好看极了,只是有点儿漏水,所以睛苹的指头上常沾着斑驳的墨迹;可是熊猫头钢笔的笔杆太粗,扁扁的铁皮铅笔盒盛不下,为此睛苹后来拥有了一个高级的塑料泡沫文具盒,两层的,盒盖上画着小鹿。一把黑黢黢的竖刀,能把铅芯削尖,直到利器般划破纸页。透明的尺子,精细的刻度。还有一块神奇的香橡皮,我永远都不会忘记它诱人的味道,它轻易把错误的记录毁去,让我们不必担心和内疚,它将纵容我们一次又一次的失手;如果没有橡皮的存在,我们活得会不会更负责任?

睛苹后来找到了她的乐趣。她要当老师,教我们几个比她小的孩子认字,大约来自后者的无知和崇拜适当平衡了她的自卑。粉笔吱吱呀呀地响着,在那块一尺多长的小黑板上落下字迹——这是为数不多的白能盖住黑的事例,除此之外,还有被雪掩起的湿黑的道路,以及,用纯真做伪装的阴谋。学习不是按照书本教学的秩序开展的,为了加大知识差距,以巩固我们对她的仰视,睛苹从她所知的最深奥的内容讲起。她有个本子,专门记载她认为的好词,大多是四个字的。这样,我有幸在学龄前学到了第一个成语。那是星期二的下午,睛苹没有课,我在路上遇见了她。她拿出块灰绿色的化石,在水泥路面上写下四个字——"体无完肤",然后问我:"小孩儿,你说这个词是什么意思?"她的嘴角泛出少见的笑意,因为她知道我不知道。这几个字我全认识,如今它们团结在一起,这么地陌生。我费力地猜想,而它们是一道我无法破解的咒符。睛苹故意拖了很久才说:"告诉你吧,小孩儿,这是个成语,是说一个人被打烂了,浑身上下连一块儿好皮也没有!"睛苹得意地转身走了,留我站在原地发愣,盯着地上的字迹。词是奇异之物,这么可怕的事,被四个整整齐齐的字概括,丝毫不露声色,甚至享有优美的形式。它出自一个孩子之手。词语的威慑初见端倪,以后我会逐渐明白:天地变暗,不过需要一只更高一些的墨水瓶;让历史毁容,只要借助笔尖上的压强。

等我正式成为一名小学生，并且练习作文的时候，我还一直牢记启蒙老师睛苹的策略：利用词语来满足虚荣心。在《我们的校园》这篇记叙文里，我说操场旁的松柏"英姿飒爽"；《我的妈妈》中，我在开篇就提到感激"油然而生"。我由此博得了教语文的郭老师的好感，代表班级参加学校的作文竞赛。那次作文的题目是《我所敬佩的一个人》。我竭力回想记录本上的好词——这也是师承睛苹的方法，平日这个记录本我随身携带，秘不示人，我愿意让人觉得那些成语出自平日的储藏而非临时挪用。考场上不允许翻看任何文字材料，这破坏了我的写作习惯，如果没有那些词的帮助，我就不能流畅地编造谎言。我茫然地听着周围纸笔唰唰作响，头脑中空无一物。直到想起了那个词，我的讴歌热情来了，我歌颂语文老师"鞠躬尽瘁，死而后已"的一生是人们学习的榜样。我还不理解这个词的危险性，它是绝对褒义的，它的绝对是因为死亡力量介入其中。我后来明白了郭老师的不便发作的愠怒。我只不过热衷于词，希望句子中能有足够的位置空出来，安排给它们。忙于运用，也使我对词的含义不求甚解。就像我初次面对"体无完肤"的茫然，字的联合产生无规律可循的歧义——"葡萄牙"无论和"葡萄"还是和"牙"都毫无关系。

　　透过重重叠叠的叶子,光线就像跳荡的碎金落在小人书上。星期六的整个下午,我一页一页地翻看这种闪着亮光的读物。除却断断续续的鸟鸣偶尔泄露,世界,呈现出无限的安宁。不管怎么说,词语协助了我,我已经能独立阅读了。这个书摊儿,一分钱可以租到一本小人书,坐在排好的马扎上看。有些小人书已经很旧了,无数双稚嫩的手集体的磨损使它们的纸边微微卷起。很难见到崭新的本册,封面破损得甚至没有了故事的开头,于是我试着去理解主人公没有根据的生死相依;还有的,丢失了结局的几页,事情变得下落不明,我愿意猜想一切按照我的希望得以实现。美、挚爱、喜悦以及温和的不会影响别人的忧伤,坚强,带着任性色彩的忠诚,安详和安详的视死如归……这些都在书中得到永生。那最初的辐射到品格里的光,我记得。我的旁边,稀稀落落的,坐着几个年龄相仿的孩子,非常安静地看书,我想,他们同样是羞怯的孩子——我们在一起分外安全。书摊的主人,一位中年妇女,终年穿着深蓝的衣裳,我抬起眼,就可以看到四季在她手中飞动的棒针,红的毛背心,驼色的毛裤,尺寸不一的大小毛衣上织着名为阿尔巴尼亚的花样，你可以想象，一家老小的温暖就是这样由一个女人每天每天从一根细线开始建设。等我上了高中，读到"我们编织梦想"之类出自矫情或幼稚的抒情诗句时，我想起了那个织毛衣的阿姨质朴到无声的劳动，想起她的平静，或酸楚，她无人称颂的单调一生。深蓝的身影，她手中的亮色全属于别人。每个与小孩们共享的下午时光，她与他们，实际穿梭在两个迥异的世界。而她的世界，将永远被书本忽略，或是致命地美化。

更为复杂的书在离此不远的小书店里集中摆放，我热爱它们的厚度和分量，虽然我对其内容所知甚少。有时售货员要从架子的最上端取书，总能带动一阵细小的灰尘，我不知道有几本书终生藏在高处，慢慢地衰老，不被打搅。我最喜欢年末卖挂历的时候，我迷恋着挂历上的古代仕女，美得多么无所事事，她们的姿色除却被时间吞食以外简直没有其他的消耗途径。我的个子还很矮，不能像大人们那样信手翻动挂在高处的画页，但仰起头，一样可以欣赏，成人的手臂为我们所利用——孩子是成人劳动的最大剥削者。我曾因把挂历高高挂起感到怨恨，但店主的做法无疑相对妥当，美必在高处，否则就会被随意践踏，像花，被脚印覆盖。可是没有孩子的干扰，挂历样本也并未长时间保持整洁,边角卷起,布满手指蹭上的脏痕,若干页还被撕开了口子——原来,高处的美专门留给有成长特权的人来摧残。

齐燕是我的小学同桌,她的姐姐在印刷厂工作,所以她用来包书皮的挂历纸格外漂亮。齐燕的语文书上盛开着锦簇的花丛,似乎,在比喻文字溢出的香气。我因为自己的牛皮纸书皮而感到寒碜和妒意。齐燕说,她姐姐的工厂可大了,好看的挂历纸有的是,都在地上堆着,随便就能捡到。齐燕还说,如果我肯把我的毽子送给她,她就会把我带到工厂去拿一些画报回来。毽子是我的心爱之物,鸡毛上染着红红绿绿鲜艳的颜色,我一气可以踢好几十个。我稍稍想了想,果断做出了牺牲,对印刷厂的好奇和向往超过对踢毽的留恋。

很高很高的棚顶,侧面镶着一排排巨大的、布满裂纹的窗玻璃,阳光就是从那里斜穿进来,裹着起浮的密集尘土——这浅金色的烟雾在高大的厂房上方,慢慢涌动。在它的映衬下,车间显得混沌不清,有一点儿荒凉的味道。落满油泥的风扇页子。灯垂下来,电线很长很长,灯泡上生着一层绒毛。墙上,有表盘大大的挂钟,有毛主席的巨幅彩色画像,有禁止吸烟的标志。乌黑庞大的机器轰鸣，声音回荡在略显空旷的车间内部，仿佛被拆开的火车追忆着原有的运动音量。并且，机器运转带动的风吹拂着檐角的蛛丝，似乎强调着，一种难以言明的悬念。我同时注意到有多处转折的粗长管道，罗盘一般的圆圆的阀门，有的阀门生了很厚的黄锈，有的涂了新亮的红油漆——旧的格外旧，新的又异常新，还有，一团一团的，被油墨浸黑的彩色棉纱。我觉得，比之日常所见，属于工厂的东西都放大了许多倍。而笼罩在这一切之上的，是一股扩散开来的厚重的机油味儿。齐燕已来过多次，她带着我在各个车间里从容穿梭，而我对工人们的眼光和质问则有些怕。齐燕说："别怕，有我呢！"每当有人说："小孩儿，你是哪儿的？别在这儿捣乱！"齐燕就毫不畏惧地大声回答："我找齐红，齐红是我姐！"然后就拽着我继续向前，踏过零散在地上的落着一两个黑脚印的纸。

  我并未发现齐燕所言随处可见的挂历纸页，大概是要表示某种歉意，齐燕从路过的铁丝绳上摘下一个蓝色的铁夹子："瞧，你见过这么大的夹子吗？可有劲儿了！你试试，夹人可疼了！没人看见，快装在兜里，就算我送给你的！"我吓了一跳，紧张得连连摇头，并且变了声地压低嗓门儿说："不，不，我不要!"齐燕奇怪地看了我一眼,顺便把铁夹子装进自己的口袋。她撩开一个厚重的棉布门帘,对我说:"到了,这就是我姐姐的车间。"这是十一月底的一个黄昏,可是我一眼就看到了堆在门边的一摞《儿童文学》杂志,上面鲜明地印着:第十二期。身处一种奇异的逆流之中,我在一瞬间恍惚了:时间被提前,被篡改,有什么魔术意志破坏了它原有的秩序和结构。

尽管齐燕告诉我,她姐姐的车间是全厂最重要的地方,我却觉得这里的环境与其他的地方别无二致,工人们一样也穿着蓝色的长大褂作为工作服。几个中年人指着一本书的插图哧哧暗笑。一个小伙子目光呆滞地望着铁轴滚动,滚动,滚动……他的眼皮半垂着。在一垛垛书堆后面,一个女工蹲在那儿哭泣,她的声音完全被机器震耳欲聋的轰响盖住,我只看到她潮润红肿的眼睛。我没想到,她就是齐红。

工人们伴随下班的电铃陆续离开,在他们背后,这座建于1956年的工厂并未停歇下来,日夜不休的发热的马达边,夜班工人接替在岗位上。我跟随齐红姐妹走出工厂的铁栅门。寒冷的深冬,天黑得就像背叛那样快,风在光裸的树枝间发出很大的响动。路边的杂草丛以持续不断的细碎声相回应,仿佛某种动物隐匿其中。隔上好远，才有一盏路灯，所以大多数时候，我们在一种看不清彼此面目表情的浓暗中行走。齐燕热烈地向她姐姐描述着什么，而齐红极少说话，她的黑条绒棉鞋露出塑料底的边儿，在夜色中，反着隐隐的白光。我对她们之间的谈话内容心不在焉。脸冻得发疼，而手在厚厚的连指手套里热得出汗——谁也不知道我刚才的犯罪，心怦怦跳着，现在我的手心就攥着它，我偷来的东西。

我是在工厂的过道里，发现了遗落在地上的几个铅块，耳朵里"嗡"的一响，我明白了，这是我想要的，或许，也正是我来此处的全部目的和意义。这时，齐燕已陪她姐姐换好了衣服，朝着我等待的这里走来，晕黄的灯照着她们逐渐临近的身影。我蹲下来假装系鞋带，在那些笨重的层层摞起的铅托旁边，迅速捡起一个，握在手里。时间短促，光线又暗，我根本不知道这个铅字是什么。我怕它只是一个标点符号，所以一直在手套里偷偷摸索着，并努力猜测。它有笔画，是个字，我放心多了。回家路途的漫长不断加重我对它的想象，它修长的体积上，重叠着我的指纹。

走出路口，我看到了那个卖爆米花的人。他黑亮的脸膛一明一暗，泛着陶一般沉稳的釉彩。他转动手里的摇柄，发出有节奏的吱吱声，而蒙着油泥的压力表将会揭露灶炉内部的秘密。旺盛的火，像是一块绸巾被魔术控制，它跳啊，跳啊，如同黑暗的心脏所在。生米会在这儿变成另外的样子，香喷喷的，便于咀嚼。而这个神秘的劳动者，他始终在操纵事物的爆炸过程。我在这里与齐红姐妹分了手，一个人向家里跑去，身后传来卖爆米花的人粗犷的嗓音："响了！"他每天所有的话只是在重复这两个字，其他的，他缄口不言。隔了几秒钟，我听到沉闷的"嘭"的一声。

  谜底就要揭晓了，台灯的照耀下，我屏住气，将铅字的正面朝上——这个字，是"克"。我读着它的发音，一下子就喜欢了，快乐铺天盖地袭击过来。这是我的赃物，带着偷来的心跳。我在一块薄海绵上倒了一点儿墨水，铅字在上面蘸一蘸，然后我在白纸上印满了：克。矛盾力量，对激情的抑制，忍耐，甚至，一点点的自惩倾向——克，它使一切保持在安全的限度。我对照着《新华字典》，找到我所需要的词语。攻克，克服，克制，克敌制胜，克己奉公。一笔一画地在台灯下书写，我只是不写"克"，留出空格，盖上我那枚窃取的铅字印章。我看到它出现在每个词里，占据每个角落。我由此完成了自己的第一张私人出版物，它围绕一个单一的、有灵魂的字开展并完成。多年后，我读到茨威格的散文，他写道："所有生活的安定和秩序最高成就的获得都是以放弃为代价的。"如果用一个字来概括，他想说的是"克"。我联想到了那个小小的铅字，想到它笔直的四条棱线，以及棱线在我手指上硌出的浅浅痕迹——事实上，我将这个秘密的铅块珍藏多年，仿佛在克制一桩重大幸福，或是，微小罪行。我们的幸福为什么与罪行这样微妙而紧密地相连？

20世纪90年代印刷技术的改良使铅字排版成为历史。但组合在一起的灰黑色的细长铅字曾为少年的我们传递智慧与美的故事，那些有足够的诱惑力导致我偷窃行为的铅字，现在全部消失了——在重新冶炼的烈焰中，也许它们完成的是永生。

大地

睁开眼睛，我发现灯泡在晃动，我感觉它像个很大的水滴，就要掉下来。然而它始终悬在那里，并且散发着柔和得近于昏暗的 25 瓦的光芒，像个金色的钟摆，沿着一条既定弧度，一左，一右，一左，一右……仿佛被一双隐匿起来的手所操纵，要传达某种节奏，某种特别的韵律。房间里的家具，以及堆放在上面的杂物，也因光源的动荡而迅速改变影子的形状。一个被危险地放在桌角的玻璃杯甚至弹跳起来，然后它摔下来，在瞬间瓦解自己，成为一些闪亮的碎片。

我吃惊地盯着，一切就像在复制梦境。还没有从深睡中彻底清醒，我被眼前的魔术迷惑住了，直到被大人的手提起来："快往外跑，地震了！"

我确信存在于记忆内部的神奇本质，比如，某个脱节的或者说是被提炼出来的场景，看似零碎、简单、残破，缺乏对过去的提示效果和对今天的启发意义，而这正是被敏感的记忆重新捡拾回来的种粒——从那——收掠往事的时间之手。它偷回了什么,在胚芽突破自己的硬壳之前,它从不说明。每个人的遗忘各不相同,但对于影响公众的重大事件,谁都会留下那清晰的刻痕,包括细节。革命。战争。突然的灾难。我想它们源于一种神秘的、更高的指挥,人类记得在震撼与慑服之中背诵下的每条律令。地震那年,我七岁,我的复述所达到的精密程度被不断巩固和加强,似乎超出孩子的经验。也许我可以一直这样持续下去,就像那晃动的灯盏,不断再现最初的动力。

楼前的空场上站了很多人,我从来没有在这样的深夜时分见过他们,因此感到格外新奇。男人们赤着上身,有的只穿了一条松垮的内裤。一个平日非常端庄的阿姨头发蓬乱,手臂抱在一起掩饰着只罩着跨栏背心的胸部。尊严,只是附着于生存的表层。现在我才知道,在相互看不见的时候,人们有多么简陋。少女娅歌站在我旁边,因为冷,羞怯,或者恐惧,她在拖鞋里的光裸脚趾不安地上下乱动,我联想起了钢琴上的白键,因而又认真地看了一下,它们马上安静了。

细碎的议论声慢慢扩大了音量,我听到被若干嘴唇共同重复的词语:"地震"。

睁开眼睛,我发现灯泡在晃动,我感觉它像个很大的水滴,就要掉下来。

收藏

一些事件以抽象的方式先于本体到来，它表现为口语或书面上的一个词，我们只熟悉它的音与形，对它所概括的义，则处于模糊的猜测之中。而另一些，从未在我们的头脑里占据它本应有的位置，直到它显现，留下撼动一生的印象。"地震"，第一次听到这个词的时候，已在我的经历之后。两个降调的字短促而封闭，包含着沉陷下去的暗示。地震在几秒钟之间，彻底改换我们业已习惯的生存方式。

大人们仍沉浸在余惊中。一个叔叔掏出裤兜里的烟，火柴擦着了，照着他的脸。然后他把烟递给了旁边的人。坐落在木棍上的瘦小火光，在不同的手里一亮一亮，暴露了他们脸上一样的紧张、迟疑和不知所措。一个年轻的母亲抱着孩子小声啜泣，婴儿的哭声却分外嘹亮。我的手被妈妈攥着，她的手心有一层汗，又冷又黏，弄得我不舒服。我很想跑出去四处看看，可她加大了握力。

我逐渐明白了大人们因何慌张。他们说，可能过一会儿，我们的楼就会塌了。我远远地望着那栋楼，它黑黑的，在暗夜中显出更深的巨大轮廓，没有一丝将被动摇的迹象。我想象它在下一秒钟就坍塌，腾起浓重的灰烟，我们再也没有家了，只能去流浪，或者终日游戏到深夜，再也听不见旁边"回家了"的命令。孩子们将因一场灾难而获解放。自由，意味着背叛家园，它将像个漫长的节日般开始。这个即将到来的奇迹，带给我隐约的期待和惊喜。我站在一棵高大的槐树下，透过它的叶隙，看到了一个被分割了的深紫色的夜晚。谁也不知道我秘密的愉快。

几个老太太冒着危险冲回家，抱出一些为她们所珍藏的至死相依的破烂儿。我环顾那些搬运物品的老人。在生命与财产之间，他们选择后者。而那些所谓的财产是多么轻贱，更显出了生命的薄凉。一个人的生命难道是靠着他所占有的物质来确认的吗？只要从奔跑的紧张和负重的劳累中刚刚平稳急促的呼吸，他们马上鼓起愿望和勇气，不顾周围人的阻挡，要重新回到危楼之中，多抢救回一件物品——为此不惜一次次暴露在死神的射程内。活着成了一件不具备充足理由的事，如果我们不损耗物质，就被物质所损耗。我看到他们的身影，一次又一次，被危机四伏的楼影吞没。

大多数人依旧滞留在空场上，他们不知道，下一步该做什么。这一切，都是起源于一阵短暂的摇晃。就像是孩子与蜗牛之间的游戏。当孩子捉住一只蜗牛，蜗牛很快缩进壳里。但是孩子有办法让它出来。他一边说着："蜗牛蜗牛快出来，你妈给你买肉吃；你不吃，给猫吃；猫不吃，给狗吃；狗不吃，最后还是给你吃。"一边将蜗壳的一侧放在地上轻轻滑动。蜗牛终于暴露了它柔软的身体。在很长时间内，我都以为，那首童谣具有巫术性质的召唤力量，从来没有在磨砺时忽略过它。后来我才明白，不是因为受惑于语言的欺诈，而是因摩擦产生的热量，使蜗牛被迫离开壳子的护佑。当我们满意地离去，地上残留的，是蜗牛破损的带着体液的尸体，沾着细小的沙粒。我所居住的这栋楼，难道不是一个水泥质地的庞大蜗壳吗？当它被摇动，我们就像无助的蜗牛跑了出来，等待受刑的命运。这是否也出自一个享有神的身份的大孩子的游戏？高级的生物总是以比它低层的生物的苦难为娱乐项目的，那无疑是在确认它的权力。

楼并未如我所愿地倒塌，让人觉得曾经剧烈的震动似是幻觉。人们带着被赦免后的庆幸，以及对未来的忧惧，走回自己的家。我则带着遗憾和怅然。

木条、砖头、苦帘和塑料布都被收集起来，堆放在每一块空地上。这些平日被废弃的材料，忽然变成了未来的重要依靠。

被丢掉的废物，并未耗尽它所有的可能性，我们始终在一种巨大的浪费之中貌似节俭地生活。我也被爸爸派去捡拾砖头。他说，我们要搭一间抗震棚，并在里面住上一段时间，暂时不回家了。这消息真让我高兴。我在其他孩子的脸上，同样看到了这种可以意会的兴奋表情，其时，他们正在院落里远离楼群的地方到处游荡，有两个人手里还拿着不知何处拾到的乌黑的铁丝。他们对这个世界突然的变故，格外地心安理得。

在草丛里，我发现了半块砖头。砖头上有一层绿苔，看样子，它被扔在这儿已经好久了。翻开砖头的时候，许多不同种类的虫子慌张地跑了出来，错动数目繁多的脚足，向着草根深处逃逸。很快，活动的深色斑点就被土地所收纳。这些久居黑暗和潮湿之中的小小隐者，只有在夜晚的背景下，才肯于发表自己的见解。它们共同组成了一种大声音，叫作天籁。因为撤除了压力，砖头下长期负重的草缓慢恢复着弹性，而它们重新站直，则需数天。这里原来是个夜间喧哗的舞台，由于演员的突然退场，现在变得冷清了。草秆上多日聚敛的水汽正逐渐消失。破坏是件简易的工作，就像我随手掀去昆虫赖以栖身的顶棚。

我返回空场时，搭建工程业已开始。阳光干净极了，世界如同一把闪亮的金器,听得到内部嗡嗡作声的混响。这种光线,让我更好地看清人们的劳动。人们把粗大的木桩埋进土壤深处,这是根基,起源于陷落。把数根木条锯成等长,它们要在相互呼应与配合中,建立起最初的骨架。然后是苫布的覆盖。我喜欢塑料布被抖开散发出的化学味道,这种廉价的合成的东西,代表着20世纪70年代单纯又单调的生活的味道。眯起眼睛,我看到男人们臂上肌肉隆起的线条,这是劳动中生动的部分。沉闷的敲击之声在工地上方回响,是那种锐利的钉子瞬间揳入木头的声音。我无所事事,扔开摆弄了半天的砖头,摊开手,指肚上一片暗绿。

我和妈妈重新回到家里,她要取走被褥和其他的生活必需品。她走进厨房,烧上一壶水,然后让我坐在那里看着。蓝色的火苗小心地舔着壶底,我偷偷溜出了家门。整个楼层空着,异常安静,楼梯仿佛是一条灰色的上升的道路。我很快到达了顶层的平台。向下望去,空地上已经出现一片简陋的棚子,彼此紧挨着,不太规整的人字形的脊线显露出来。油毡顶的棚子仿若一块黑斑,而塑料布的,反着混沌的乌光。模糊的人影在狭窄的过道间时隐时现。几天之内出现的这片丑陋的建筑群,皮肤病一样，覆盖了原来敞亮的大地。我知道，它们也在更多更远的地方漫延开来。世界这样斑驳地呈现在我眼中，它，密布着补丁。在中午的无边空旷中，没有人知道，一个孩子抵临高处。

与此同时，水壶正哧哧地冒着白汽，细小的水流从壶盖边缘淌下来，如同汹涌的眼泪。火焰受伤般地叫了一声，一下子缩小了光芒，但它马上更加炽亮了，这也像一个受伤的人所表现的那样。妈妈因此呼喊起来。

住在地震棚里，这是我有生以来第一次露宿。仿佛由一根绷紧的墨线开始，逐渐扩展出完整的黑色。透过半透明的蓝色塑料顶棚，我可以感受到夜晚的浓度，以及，它沉着的压力。我就像一只沉默的虫子，置身于洞穴之中，这是我们的位置。因为脆弱，我得以感知天地无尽。那些真正的千千万万隐藏于地穴深处的卑小虫子呢？地震之于它们的命运，产生了怎样的影响？是比我们的大，还是小？地震是不是呈等级传递的，弱小的性灵因其弱小，剧变对于它们会不会反而微乎其微了？一切就像一个旋转着的巨大的谜。

谁能真正知晓大地之下深藏着什么？当我们掘开表层，土壤的颜色不断加重,越来越深,直至,目力不可及的黑暗。每年冬贮大白菜的时候,大人们就在院子的空地上挖出地窖,把品类不多的蔬菜存贮进去。每次取菜,人们都要点上一支蜡烛,弱小的火光跳呀跳,徐徐下降,它要被沉入低处——这是个保护措施,莽撞的人会被无声吞没,再也看不到残照在窖口的稀薄的光亮。沿着土坎,我小心地踩下,去取一棵做晚饭用的白菜。终于踏到地窖底部,我摸到了疏松的土壁,闻到熟悉的菜帮味儿。手上的火苗稳定下来,我看见白菜齐整地码放着——在这里,它们的整个冬天都是安全的。当我费力地抱起一棵菜准备离开,我感到了一种气流,潮湿,缓慢,带着微温的热度。其实在刚刚下到地窖里的时候就感到了,只不过因为紧张,瞬间就被我忽略。现在,再次验证。它很像一个巨人在从容呼吸。这个巨人,就隐身于脚下的深渊。我想起邻居三胖,他坐在墙根搓泥球,为了安在弹弓上打麻雀。成百个泥球被风和烈日烘干,变得坚硬,自制子弹摆满三胖面前的空地。他不知怎么处理这笔庞大财产才能免于其他男孩的窥伺。三胖有了主意——把这些弹粒全部转移到自家的地窖里。几天以后,等他去取子弹,他意外地发现本已分离的圆球在潮湿的地窖里重新变为松散的泥土团结在一起。那么，是谁？瓦解一个孩子的武器和他最初的杀机。我把白菜递给上面伸下来的手，再次小心翼翼地登踏着土坎……我幼小的头颅浮升到亮处，烛火却被窖口突然的一阵风吹灭。

我期待能重新体会地震，那种天地之间突然的大动荡，隐约觉得，那或许是大地的心跳之声。大地平日如此沉默，让人忽略它是活的、有生命的存在。我们只是借助地震偶然的机会，倾听到了它有威力的心跳，而这一瞬的泄露，就让我们这样恐慌。因此，伟大之物从不表白，它克制，而不是炫耀自己的力量。也许，它的力量本身，就由沉默构成。

日子突然改变了既定的轨道，面对新的可能性和考验。在我看来，这种抗震棚的生活近于流浪，一种原地的流浪，却同样有着不安和多变。大人们匆匆忙忙，争取在房间里做最短时间的停留，烧水煮饭，取走家用。更多的人在外面搭起炉子，黢黑的铁锅里冒着白烟。像洗衣服这种事，当然也要在户外来做。我们把空的圆珠笔筒伸进洗衣盆里，蘸上肥皂水，轻轻一吹，肥皂泡诞生了。它们如同肮脏中的圣物，透明的，奢侈而奇异的色彩变幻着，不容碰触地在灰暗的抗震棚旁边飞扬……

大院里，最从容不迫的人是我爷爷。他因此遭到所有人的嘲笑。爷爷从来不相信地震的真实存在，事实上，上次的剧烈震动根本没有把他从梦中惊醒。他看到人们纷纷地垒造屋棚，十分不解。只要别人稍不留意，他就会重返楼里，躺在床上舒舒服服地睡上一觉。无人监管的房间甚至成了他的乐园，他将偷藏的酒一饮而尽。地震丝毫没有破坏他原有的生活节奏和习惯。本来这像一个英雄所为，但是，爷爷在两年前被确诊患有脑软化，也就是老年痴呆症——不知道这是否是贪杯造成的后果，但我痛恨"痴呆"这个词，那么冷酷，那么轻蔑。爷爷时而清醒，时而糊涂。他有时走着走着，就迷路了，爸爸骑着自行车沿街去找他，试图在混杂人群中辨认出他佝偻着的身影。爷爷所做的一切事情都成了人们的谈资和笑柄。路人拦住他，追问着："你去哪儿呀？地震了你知道吗？"爷爷的表情和回答果然如他们早已预知的，他睁着浑浊的眼睛，千篇一律地说："地震，哪儿有什么地震？你骗不了我。"旁边的人于是发出那种满意的嘻嘻笑声转身而去。善良的人会劝告爷爷，不要紧贴着楼根走，以免被因地震突然掉落的砖瓦砸伤，爷爷总是咧开凹陷的嘴："嘿，怎么会那么巧？！老天爷有数呢！"人们管爷爷叫"疯老头",大多是背地叫的,为的是维持我们家其他人的面子与表面和平,但有时也失口挂在嘴上。这严重伤害了我幼年的自尊心。我沉默地盯着那些戏弄爷爷的人,眼里燃着愤怒的火光。议论继续着:"那个老头真是疯了,一天到晚地回家。我看他是不要命了。""他倒是比谁都舒服,比谁都享福,不像咱们睡在外面这么受罪。人家多厉害呀。"我什么都制止不了,谁会屈从于一个孩子的愤怒?

除此之外,我不能否认,地震给我带来无拘无束的幸福时光。我常常气喘吁吁,挥洒着整天奔跑而出的一身热汗坐在晚饭前面。大人愁眉苦脸地蹲坐着,而他们的孩子正在一旁快乐地叫嚷,高音区由于亢奋而变了声。孩子们追逐、打闹,凌乱的居住空间正适合捉迷藏。世间从来不存在什么绝对意义的灾难,无论这灾难有多么广大,多么深重,一定也有人从中获益。

一天下午,小伙伴们全都被父母召唤走了,只有我依然沉浸在余兴里。我一个人在操场上走啊,走啊,漫不经心的,嘴里咬着一根草茎——直到我抬头,被波澜壮阔的天空所震惊。那么大,那么高,那么空。天空被一种辉煌而浩大的色彩所笼罩,风鼓动云团,那夕光中的马群徐徐而行。仰着头,这个姿势，抑或是巨大的落差，让我体会到晕眩。多远哪，天堂，神秘的不可来往的国度。我再一次凝望高大的云，它们仿佛是堆在天国的麦垛——什么是神的粮食和营养？神是不是有着银色的皮肤，金色的血？为什么，他的沉默高过众人哭喊的声音，他的失败，犹存可以言述的光荣？

在那一瞬，我初次感悟到一种天地间巍然的秩序。一粒草籽臣服于昆虫的口器，蚱蜢细小的肉被鸟占有，翅膀终于被人类的猎枪捕获，我们被更高的神灵指挥，而至尊的上帝，据说他只有一件万能的武器——时间。在森然有序的安排下，谁不噤若寒蝉？

我们在地震棚里住了许多天，直到暴雨袭击。我躺在坚硬的木床上，听着大雨密实地砸在塑料棚上。积储的雨水越来越多，汪在一起，把顶棚的一处压得越来越低。"哗"的一声，那处顶棚塌了，倾盆而至的冰凉雨水一下子倒在我身上，我湿透了，马上就感觉出了寒冷和雨水所携带的敌意。雨水甚至涨到了床帮的位置。我委屈地哭了起来。妈妈说："回家！不受这份苦了，就是死，也得睡个好觉。咱们一家人在一起，不怕！"而爷爷的床铺又空了。爸爸背着我，扶着奶奶，妈妈驮着弟弟，冒着骤急的雨线向家走去。我低头望去，雨水呈现出深黑的颜色，涌流着，已没过了爸爸的腿肚。雨，冲刷着脸庞，我什么也看不清，于是紧紧闭上了眼睛。过了一会儿，腾出手来抹了一把脸——在睁眼的一刹那，我看清了天地是如何被苍茫无边的雨水深深淹没。

我们失魂落魄地回到家，全身的衣服都黏湿地紧裹着，难受极了。爷爷果然在家，我们进屋的混乱同样没有吵醒他，就像那晚，他对待地震的态度一样——我们听到的是他无动于衷的酣足的鼻息。

那个雨夜，结束了我们的抗震棚生涯。地震并未如人们以前担心和预料的那样再次发生。它隐藏起自己的踪迹，就像数百年来大地所一直坚持的。人们不得不重新组织起以往的规律生活，正因如此，他们的惊骇、担忧以及对地震的种种防范和抵抗，看起来都像是一场小小的闹剧。敬畏上帝的人被上帝所嘲弄。只有爷爷，一个智力残障的老人，保持了镇定，种种被人嘲笑的愚行反倒成了英明之举。

一年以后，爷爷去世了。也许宽广大地再次沉默，只是为了帮助一个老人，建立最后的尊严。

锻炼

学校的春季运动会正进行到高潮，各式人等在操场上频繁走动。由体育老师充当的裁判，被斗志鼓舞的小运动员，摔倒的失意者，握着水壶和毛巾的队员随从，在公告牌前抄写成绩以便尽早算出本班名次的班干部。"春风吹，战鼓擂"，或者，"你争我抢，龙腾虎跃"——大队长稚嫩却故作庄严的声音，被广播喇叭放大，伴着电流低回的噪声。风徐徐吹扬，插在赛场各处的绸制彩旗益发显出质地的柔软。起点的发令枪和终点的红线，懵懂无知的孩子在两者之间争先恐后地奔跑——什么也不会得到，他们将因此失去本来薄弱的气力。200米环形跑道如同一个设计完整的圈套。在它中心的草坪地带，铅球砸出一个微陷的凹坑，依据这个"破坏"功绩，高年级一个体格茁壮的孩子打破了校运会纪录。

初一的学生王晗正在进行赛前的准备活动。他因走正步常常一顺儿遭到同学们讥笑，现在，一个恢复名誉的机会业已到来。为什么，一个队列练习中难以协调步伐的孩子，会同时成为长跑天才？这问题让人迷惑。似乎缺点不过是必要的牺牲，而特长，皆因嫁接而来，那延展出去的部分甚至取自最邻近的枝条。耳聋的贝多芬创造不朽乐章，著作等身的语言大师竟然是个期期艾艾的口吃患者——主宰之神，全知全能，却如哑人不置一词。顺拐子王晗把眼睛眯起来，窄小的胸脯起伏着，他将领受已在预期之中的撞线光荣。弯下腰，他把球鞋的带子解散，再重新系紧。

仿佛电影情节中的一种特别暗号，王晗的回力牌球鞋经常斜立着摆在他家窗台上。鞋带儿已被抽取出来，所以空眼的数量显得特别多；鞋帮部分微微向外翻，以使阳光和风更多地进入，这样，鞋子就会干得快一点儿。一只愣头愣脑的苍蝇盘旋着，被鞋子上残留的体味所吸引，它停落下来，受到什么鼓励似的反复搓着腿脚。

这双鞋是王晗的宝贝，刷洗它成为王晗唯一热爱的体力劳动。沾满肥皂的刷子在鞋面上用力地摩擦，每当这时候，王晗就不自觉地努起嘴唇——这个习惯性的小动作在保养鞋子的整个过程中都持续着，甚至在鞋子半湿、王晗用粉笔均匀地涂抹在鞋面上以使它看起来更白的时候亦是如此。王晗穿着皱皱巴巴的暗格的确良衬衫，吊到脚脖子以上的蓝卡其布裤子——有时是这条腿，有时是那条腿，反正其中一条裤腿总比另一条长出半寸。但脚上，总蹬着这双白得失真的球鞋。王晗走路有点儿外八字，但似乎因这双鞋平添了几分尊严和傲慢，为了配合自己身上从上至下的眼神，瘦弱的王晗不得不梗着脖子，把硕大的脑壳夸张地向后仰去。一双鞋，正微妙影响着王晗萌芽状态的人生态度。

鞋，重要的道具，一生路途要由它一一度量。我们的体重坐落于鞋子，命运汪洋中，它们仿佛船只提供安全的保障。套在鞋子里，我们的脚趾被保护，但因此也无从亲历石子、初春微凉的溪水、草叶柔软的齿边……雨不会直接打湿脚面，那从最高处到达最低点的控制力量我们无从体会。踢在重物上，我们其实没有叫喊中的那样疼痛；踩在秽物上，也没有心里想象的那么恶心——只要有鞋。当我们向前，不知道一步之间改观世界：种子被压进潮湿的土壤，我们因此为若干年后的春天准备了盛大的树冠；踩碎了薄片玻璃，它却分裂出更多的光芒；踩死一条即将新婚的肉虫，它的体液沾在鞋底上，一个可能兴旺繁衍下去的家庭也转瞬终结于它的腹部。看到眼前的，无视脚下——鞋以保护的名义让我们迟钝，忽略每时每刻在最底层的发生。与道路之间隔着鞋，就像我们与痛苦之间隔着无知，与耻辱之间隔着遗忘。

王晗已超过最后一名两圈了，他稳操胜券。坐在看台上，我看到他脚上的白色球鞋交替前进。我低头看到一双黑色丁字皮鞋，浅浅地覆着一层尘土——我因自己的皮鞋感到难堪，这证明了体育成绩的落后，我从来不能灵巧地跳过山羊，也不能在短跑中达到骄人速度，因此我的名字从未列入校运会任何比赛项目。本班运动员跑过时，我和同学们一起喊着"加油！加油！"除此之外，我在沸腾的运动场上感到格外无聊和烦闷。一部分人在前，意味着必然有人落在后面，体育更加证明，绝对的平等从来只是想象之物。

不同的鞋子将人们区分开来。穿草鞋的人身同草芥，挣扎的生存、苛刻的环境，命运处于易受践踏的地方——他们是这个世界的基础营养，将被食肉动物的牙齿消耗。而一双高级皮鞋，踩住的道路必然有所不同。鞋和我们休戚与共，当我们休息，鞋子也得以松弛下来——没有什么比穿上的鞋更象征劳动与奔波的开始。一个人的健康程度与他对鞋的需要有关，只有婴儿、轮椅上的病人和死者不再需要鞋。生者不断扔掉旧鞋，死者，停止制造新的脚印。

一双皮鞋里包含更多的寓言。牛皮要代替我们的皮肤抵挡，经过重重过滤，带给我们的伤害已降至最小值，如同战争中千万具的尸体，影响到指挥者的，不过是早餐时因为缺少睡眠而打的哈欠。牛的温顺、恭敬、克勤克俭的形象遭到篡改或怀疑，抽打的皮鞭和踢人的靴子，它们是主人的工具和受害者的刑具——死去的牛是否在呈现某种报复意志？看看，穿在一个人脚上的皮鞋，如何有力地踏在另一个人的脸上，让那匍匐在地的肉体认识到更剧烈的疼！牛皮鞋夹在人皮与人皮之间，牛的魂灵隐蔽其间，让人类自相残杀的好戏上演得更为热烈。

几天以后，作为打破校运会纪录者，王晗的名字张贴在光荣榜上。墨水的黑色字迹在红纸的强烈反衬上，让我觉得眼睛辨认起来有点儿吃力。与此同时，我听到王晗在广播喇叭里介绍着长跑的方法和体会。王晗不时清清嗓子，掩饰紧张情绪，因此他的声音始终被这种不太悦耳的节奏控制着。他说，每天清晨他都要跑上两千米，风雨无阻，正是毅力和坚持不懈的努力，使他取得今天的好成绩——无疑，这些铿锵有力的话语里泄露了语文老师修改和指导的痕迹。一只麻雀停落在高音喇叭上，倾听了几句，广播里的演说家又清了一下嗓子，扩大的噪音把麻雀吓了一跳，打开灰扑扑的翅膀，它飞了。当麻雀的影子溶解在灰的空气里，那一刻，我似乎突然萌生出锻炼身体的愿望。被莫名的激情所煽动，我跑起来，穿过几间教室后，我开始上气不接下气地喘，沮丧地在台阶上坐下来。旁边一群正在聊天的同学奇怪地看了我一眼。

　　晨练计划从第二天便开始了。闹钟五点半准时响了，我穿好蓝色的针织运动衣，带上家门，锁舌在背后所发出的"咔嗒"声在寂静的楼道里显得格外响。这是一个清爽的早晨，我的皮肤很快蒙上一层极薄的水汽，由此感觉到一种舒适的凉意。吸动鼻翼，新鲜空气马上注满肺叶，混合着潮湿的植物的味道：地上的草，树上的叶子，还有随着到来光线慢慢旋转朵瓣的花蕾——它们在夜晚紧紧关闭自己，如同，黑暗中的小小修女。滞留在叶表的露水宛如泪滴，阳光好像纤长的吸管，将要把它们啜饮。这个早晨像一尾跳在网中的鱼，银亮的湿漉漉的鳞片，以及淡淡的水腥气。天色熹微，学生作文里常常描写为"东方泛起了鱼肚白",路灯尚未熄灭,但它们的光芒溶解在早晨的光线里,像正化在水中的方糖,让人不易辨别。安静的柏油马路上,行人不多,有的在跑步,有的赶着上早班,手里提着铝质的饭盒。一辆两轮马车不徐不疾向前走着,孤独的车夫望着远处,神情木然,每隔一段时间,他就挥动一下鞭子,抽打在皮肉上的声音格外清脆。那匹马体格高大,脊背上棕栗色的皮毛随着有节奏的蹄音产生微妙的弧度和光感变化。从我眼前经过时,我发现它低垂的大眼睛有着驯服的柔情。它对鞭打并无强烈反抗,只是偶尔打个响鼻——不管是气愤还是蔑视,对于这匹奴役下的牲畜,都已算最极端的表达方式。大车走过的沿途留下了一连串的马粪——会有人用叉子仔细拾走这些金黄的秽物。

做过准备活动之后,我开始慢跑。因为奔跑的缘故,在我眼中,地平线上的一切事物都遭遇着意外的颠荡,仿佛簸箕里扬起的稻谷和杂质。前方马路的岔口,那是我为自己预设的目标。随着奔跑,我发现终点令人绝望地难以抵达——似乎距离丝毫没有缩短,它一直停在那里,保持着对我的嘲笑。跑啊,跑,心脏像一只拨快的钟,我体会到逐渐加速的不规律的脉搏……一种血的咸腥味道，慢慢淹上喉咙。

无论我起得多么早，夏天的早晨都已万丈金辉。我在树荫里跑步，我的影子隐秘地移动在树冠更大更深的影子里。跑累了，我中途走上几步，抬头看见悬铃木宽阔的叶片好像悬浮于上的万千手掌——什么样的昨夜曾被它们翻弄和操纵，又终止于白昼的光亮？冬天，马路冻硬了，我明显感到柏油路面不像天气暖和时那样富于弹性。呼出的白气很重，刀法粗糙的风一笔一笔地随意刻画，我的脸和耳朵疼得发麻。即使有钟表的参照，也分辨不出早晨和黑夜的区别。黑暗在冬季占有很大的比重，像猫骤然放大的瞳孔。天亮得很晚，直到我早锻炼结束，光明才刚刚诞生——剥去夜晚的胎膜，朝霞流溢出血光。

早晨像一只孵出蛋壳的小鸡，潮湿的羽毛在阳光中逐渐干燥，我可以感受到它纤细的腿部越来越有力的支撑。当鸟飞离巢，虫子在泥土下拱动，当婴孩睁开眼睑，亚麻色的早晨开始说话——早晨有个多重声部的嗓子，最初是细弱的，逐渐放大，成为喧闹之声。通常由如下部分组成：鸟鸣，水管旁的洗漱声，环卫工人的扫把刮擦着地面，自行车的铃响，油饼在热锅里翻炸的声音，英语爱好者的晨读，中央人民广播电台的新闻联播……当《东方红》序曲嘹亮响起，西单电报大楼上钟声正敲响七点，整个早晨像一只薄薄的铜盆发出金属样悦耳而盛大的回声。每天，我以极快的步伐，迎向箭矢般射出并穿透我胸膛的阳光。

体育，体育，不过是对身体的教育，以及改造。事实上，一年多的长跑并未培养出我对体育的真正热爱，它日益成为考验毅力的方式，暗含着微妙的自我折磨。长跑让我体会到喉咙的充血、肌肉的酸胀，虽然这些症状日渐减轻，但只要稍稍增加锻炼强度，它们马上返回。我不得不推开被褥——尤其在冬季，每天我都能体会到起床时的犹豫和不情愿——持续的锻炼让我不断告别温暖，告别我所依赖和眷恋的东西。长跑让我和恶劣天气对抗。一个阴天，跑在中途的时候忽然下起了雨。雨水，这细密无边的栅栏将我层层包围，某种委屈一下击中我内心的脆弱部分，除了向回奔跑，我没有更好的躲避途径——在大雨中依旧奔跑，我不知旁观者是否将这视若挑战。雨不久便停了，阳光在大大小小的水洼里放下满地你捡不起的碎银子。仰头寻找着彩虹，我没有注意自己走向愿望中的光明，却穿着湿冷的鞋子。不论怎样，我坚持，我不放弃，每天早晨固定的时间，我像一根表盘上的指针对准长跑的路线。或许在考验体能与意志的锻炼过程中，遮蔽着我对受难的适度需要，如同味蕾需要盐。盐让我们增加气力，困难让我们坚强——"宝剑锋从磨砺出，梅花香自苦寒来"，我始终受到此类教育，把成长过程理解为漫长的煎熬和围困。而理想，就是使一切折磨合法化的权威力量。事实上，理想作为计划长久并带有后果惩罚的严肃纪律，极少呈现出书本所描写的明丽色泽，它压抑，如同铁的重量和硬度。当老师号召着从小树立远大理想，对于孩子，也就是要求理想的难度系数必须远远大于兑现的能力。几乎每个孩子都曾胸怀大志，幸而生活教会我们平庸也教会我们忘记，否则昔日的理想将成为今天的耻辱。

  但是，受苦并非目的。王晗的刻苦与毅力是我们学习的好榜样，可真正鼓励人的，是他的成功。我像所有敏感的孩子一样，以为持续的自虐可以换取神的注意和怜悯，因此得到格外赐福，使奇迹彰显。当一朵浅蓝的火苗坐落于柴梗，我尝试用拇指和食指去接近，在重复的轻微灼痛中，我得到某种快感和锻炼。后来我敢于把燃烧着的火柴一端放进口腔，过了几秒钟，张开嘴，火柴熄灭了，一股细细青烟袅袅上升。我一直觉得勇气来源于对疼痛的习惯和享受而得到的补偿。也是基于同样心理，我曾在下午的测验前蓄意错过中饭，莫名其妙地相信，饥饿会比饱餐一顿更有益于优良成绩的取得。脆弱者以提前的自杀免于肉体受刑，自虐者幻想以先下手为强的自觉办法避开厄运的追剿，因此自虐里既有欺骗，也有安慰。每当受到父母责备，我便使用更有效的办法：设想自己离家出走后父母的焦虑和悔恨，以及艰辛却无望的寻找，而我孤独地走上不归路……头脑里一幕幕场景栩栩如生，泪水浸透了枕头，我以自虐式的悲惨想象达成报复。第二天，我在教室里朗读课文，谁也不知道昨天的黑暗中一个孩子秘密完成的生死交替。

长跑路线所经过的草地上，一群和我年纪相仿的体操队员在集体练功。孩子们倒立，把世界像口袋那样悬置起来——生长法则被倏然颠覆，花朵向着深渊怒放它曾经秘密般紧锁的蕾；而大地，仿佛一只正在倾倒着的抽屉，掉出无数灰尘那样掉出无数飞鸟，它们飘浮，被风吹动着不能降落。孩子们空翻，在那高高腾起的一瞬，身体脱离和土地的一切接触。他们窝腰、劈叉，想让肢体过分柔软以至忽略掉支撑其中的骨骼。一个刚刚开始练习的小女孩禁不住大声呻吟，两个成人几乎是残酷地压牢她的腿——必须以额外的疼痛，换取额外的技能。无论弯折还是打开，他们尽力将身体向不可能的姿态靠近。这暴露出体育在强身宗旨后面被修饰和掩盖的部分。体育的诞生原本与具体的生存需要有关。原始时代，速度和力量对从事狩猎的人类至关重要，因此可以决定生死——人的，或是猎物的。此后体育的实际功用一直在缩减和弱化。我们订立目标，朝着更快、更高、更强、更难以掌握的方面发展——向极限挑战，我们想达到的，其实不过是对常人来说不可抵达的部分。这显然不是出于生存的必要，而专门用以在同类之间炫耀，用以建立秩序和等级。体育项目的世界纪录意味着塔尖，次第过渡，到常人，到肢体残障者。是的，体育正是一种建立于身体领域和生理功能上的阶级划分方式，是一种伪装在先天素质里的权力竞争。锻炼等同于强者为了巩固自己的优势以及弱者为了免于被抛弃的命运所做出的个人努力——而最大的抛弃是死亡，所以，所有的锻炼里都包含着对死亡的深深恐惧，以及对死亡临界状态——虚弱与病痛的抗拒。

"准备好，现在开始做人民广播体操……"每每传来这样的声音，工厂、学校、机关的人们便听从号召，活动着灵活或僵硬的腿脚。有一次，老师准许发烧的我不去做操，待在教室里休息。我趴在窗户上张望，看到操场和与学校一墙之隔的模具厂的空地上，间隔有序站满做操的人。他们面无表情，动作一致，跟随口令机械地一伸一张，一起一落。喇叭里的音乐声很大，而除了踢腿时的落地和拍手的声音，他们无声无息。人群仿佛是台子上的提线木偶，或是被某种法术控制，我觉得有点儿害怕。许多年后我才明白，人们此时的沉寂、顺从，与集会时丛林般陡然上升的手臂、此起彼伏震耳欲聋的口号，有着本质的一致。我看到个别动作稍慢的做操者破坏了整体阵形，成为台上的指挥者眼里的障碍，使人产生清除的念头——生病，当我处于不健康状态，我意外获得指挥者的视角。奔劳的蚂蚁们在修筑穴道、运输食物与战斗中锻炼了腭部的咬力，而这种锻炼秘密地转移为一种力量，使蚁后的地位得以加固；人类的锻炼，也证明着某个组织者与统治者的隐形存在，我们只是不知这个统治者以何种身份体现，他名为领袖、时间还是命运？

　　锻炼的痕迹密布我们的生活，即使是一个瘫痪在床计划自杀的人——或可说，这样的人更明显地反映出来自上方旨意的锻炼。刚满周岁的小孩蹒跚向前时摔倒在地，考试成绩不良的小学生心惊胆战等待父亲即将落下的拳头，恋爱的少年撕开绝交信的缄口，初次做饭的新娘被翻炒的辣椒熏得咳嗽，病人术后的连绵呻吟，小职员受到领导的批评，哑巴的苦恼，乞丐扁着的口袋、空着的讨饭盆、肮脏潮湿的铺席所造成的隐疾……无不透露着某种锻炼，以及埋伏在锻炼中的嘲弄。

我在一次晨跑中不慎扭伤脚腕，本想超越别人的努力却使我差距更大地落在后面。我百无聊赖地躺在床上，架起肿痛的脚踝，上面贴着一块块伤湿止痛膏。我住在部队大院，门外，新入伍的战士们正在训练。他们的步伐整齐，动作有力，肩上扛着枪，乌黑的枪口一律朝上——上面，是泛出贝壳般玉润颜色的敞开的天空。汗水渗透战士涨红的面庞，队列练习已进行了几个小时，在稍息、立正和左右看齐的简单动作中消耗着体力。这些小战士可能一生都不会闻到战场的硝烟，但是他们依然要接受锻炼以培养牺牲所需要的品德。操场边有几副单杠和双杠，它们就像数学符号进入学生作业一样进入他们远离异性的单调生活。在操场另一侧的红砖墙面上，新刷着几个很大很大的字：团结，紧张，严肃，活泼。 当时，我仔细琢磨着这奇怪的八个字不得其解。四个词之间的关系本身就是矛盾的，当

仿佛是台子上的提线木偶,或是被某种法术控制。

收藏

你符合其中一项，必然同时违背另一项——它到底要我们怎样？是否因为在任何一个时间都不可能完全合格，所以我们需要贯彻一生的无效的锻炼？

光

影

我一直觉得隔绝的电影院是让人丧失时空感的地方，它尽可能地剔除各种引起人们现实联想的因素，以使观众更深地进入那个由光影构造的世界。而露天提供一个开放的场景，在这里被讲述的故事易于受到环境干扰：风把银幕上女主角漂亮的脸蛋吹得变形；突降的雨让观众慌张地收起板凳跑向自家的屋檐；正沉浸在悲剧氛围中不能自拔，一个提前离开的人在移动中踩疼了你的脚。对露天电影的回忆必然包含着一些与电影本身无关的内容，正是这些凌乱的细节使放映变得生动而每每不同。这么多年过去了，我之所以执着地成为一个电影迷，起自于露天中的教育。记得许久以前的一天，我坐在尚还空旷的操场上，远处许多杨树叶子就像犹豫的手里翻来翻去的牌——这是开演之前，我感觉一种无名的欢乐正和黄昏一起徐徐降临到自己身上。

长大以后我到过许多影院，全景的，球幕的，动感的，但没有一座如我童年所见豪华。我的露天电影院，顶棚缀满星星的钻石灯盏。如果只从带来的快乐方面衡量，没有谁比放映员更像天使。我在每个星期六晚上见到他，他的礼物样样不同。下午，我从小黑板的通知上提前预知片名。吃过潦草的晚饭我匆匆跑出去，好像要去赶赴一场更大的盛宴。时间还早，可操场上已稀稀落落站了些人。男人们运球奔跑，篮球不时砰砰地打在挡板上，偶尔旋转着掉进篮筐，场外响起鼓掌和叫好的声音。哨音长长短短，如同神解决人间争端，这场比赛，游戏式的，要由业余裁判来宣布合理冲撞。一个小男孩在场外一条水泥道上滚铁环，适于做这种游戏的平坦路面不长——微小的颠簸也会令铁质的东西跌倒，他很快就从路的一端滚到另一端。铁环倒了，小男孩把它扶起，重新装上，再沿原路折返，他就这么一次次地跑过来，跑回去——真是孩子，可以从单调重复的失败中找到乐趣。圆满之物怎能长久运行？它所需条件太过苛刻。只有孩子，勇气近于任性，会气喘吁吁跟随终会跌倒的圆在狭窄又短促的路途上。女孩们跳着皮筋，我也加入了这一行列："小皮球，香蕉梨，马兰开花二十一，二八二五六，二八二五七，二八二九三十一。"被大声念诵着伴随蹦跳动作的儿歌词意不详，既不符合情感逻辑，也不违背起码的数学结论，谁也猜不透原创者的含蓄用心。一种闲散的气氛弥漫在放映员到达之前的操场，由于等待的愈见近迫，闲散越来越像无所事事。

一辆吉普车径直开到操场外侧，他来了，如同电影中主角的出场，要引起周围某些反应和变化。我们匆匆收了皮筋，围在吉普车旁边。放映员是个年轻战士，有点儿腼腆，因为他在回答别人问题的时候声音轻柔，而且看对方一眼之后就很快低下头去忙手里的活计。不符合男性和军人的双重身份，他的手指少见的白净。他把装着拷贝的扁圆盒搬卸下来，又就地架起放映机。几个前来帮忙的战士在两根水泥电线杆间拉起粗绳，银幕好像一面帆在升高。这时候，天，如一块湖蓝的旧绸子那样美妙地暗下来。

在放映员灵巧手指的摆弄下，一道光柱出现了，悬浮于我们的头颅上方。放映员调整镜头高低，对焦距，灰白银幕亮堂起来。这是小孩子最兴奋的时刻。我们争相做出各种手姿，狼、狗、鹅、蛇、鹿……动物剪影栩栩如生地呈现，如果没有光影的对比，我永远不会认识到我们的手有多么擅长比喻。大的影子要吞没较小的影子。淘气的孩子干脆把鞋子抛起，或踮起脚在放映机前蹦高,影子出现,以更快的速度消失——谁也别想长久停留在光亮的中心,无论是鞋,还是头颅。空中扑闪着大量的白蛾,它们麇集在昏沉的路灯上,或者,就在放映机射出的光芒里忘我飞舞,急切的抖动让翅粉零星脱落。黑斑滑过彻照的银幕,这就是为火焰赴死的飞蛾,疯狂的追逐和热爱怎样烧灼它们至死柔软的胸腹。它们的蝴蝶兄弟此时正栖眠于花丛,绚艳色泽和优雅姿态宜于白昼,而蛾子,极度的疲劳衰竭使它们纷纷摔落在电线杆下,艰难挣扎,再也不能起飞,直至被人们即兴的大脚碾碎。我们热衷于手影的戏法,顾及不到光的殉道者近在咫尺的死难。直到片头出现闪耀金光的红五星或转动的工农兵塑像,人群才渐渐安静。

重要的东西需要在记忆中一再重复。小时候,片目有限,每部电影我都看过几遍,至今,我仍可准确背诵它们的名字、情节和主人公。革命战争教育片有《野火春风斗古城》《洪湖赤卫队》《渡江侦察记》《江姐》《南征北战》《闪闪的红星》《上甘岭》……我被英雄的无畏震撼:蔑视肉体疼痛,笑对利禄生死,他们信守诺言,永不屈服——英雄就是身上散发神性光辉的人。金环、江姐、韩英……为什么总要安排美而善良的人牺牲?冲天火光，照亮冬子妈慷慨就义的面庞，嘹亮歌声唱彻《映山红》……我无声流淌着滚烫泪水，不是要求什么物品未获满足的委屈，不，和我自己的任何利益无关，它是关于同情、爱和高尚的。我对自己未来的苦难毫无预感，却为虚幻人物泪落如雨——泪行，这一生中的水系，将为我提供最重要的营养物质。就像黑暗打造出烈焰，苦难打造着人群中深藏不露的勇士，他们更早到来的死将被镀上庄严光晕。英雄形象经过艺术手法的过滤、提纯与拔高而不存一丝暗影，正像英雄实际所为，不让任何人知道他们的疑虑与疼痛。亮得失真的东西才能称得上理想。理想如斯照耀，引领我们开始在黑暗中盲人般坚定无畏地前行。

《画皮》和《红蝙蝠公寓》是印象颇深的恐怖片。那时恐怖片很少，我还不习惯这种审美方式：需要以惊骇来提醒我们对危机四伏的生活予以警惕。我为《画皮》写过上交给老师的观后记，语之凿凿，说些"认清坏人伪装面目"之类的孩子化的官腔，但我在说谎。实际上，在害怕之中我多么醉心于女主角姣好的容貌。仅仅因为表皮美艳，我们就会失去目力去亲近魔鬼，忘记魔鬼的食粮，是人心。从书生对美的痴迷，我还知道，我们注定要去爱让我们面临险境乃至让我们死的东西。在此之前，我听过几个恐怖故事：《绿色尸体》《大紫牙》，还有《厕所里的手》。我常常陷入莫名惊慌，一再回想《厕所里的手》中的阴森对话："给你纸，白的白天用，粉的晚上用。"在摇曳烛火下听取的这个故事本已让我对夜晚草木皆兵，现在又加上魔鬼的狰狞面孔和《红蝙蝠公寓》里被掐死的女人大睁的眼睛。蓝蓝绿绿的妖怪嘴脸在头脑中逼真浮现，我畏怯的，其实是自己对可怕事物的设计能力。

我还记得在看《画皮》的那晚总是断片。观众一片起哄声，我们小孩子更是起劲儿叫喊。节奏的中断使影片的恐怖程度有所下降，把我们从环生险象中拯救，是谁在安慰，或是嘲讽，告诉我们身处安全又乏味的现实不必为虚幻之物大惊小怪。利用这一小段意外间歇，男人们点烟，女人们抱怨。我站起身，没有注意到这个简单动作的附加影响，由于失去平衡，条凳那端的小伙伴突然摔倒在地上——这个世界就是这样，一个人的离开总要造成对他人的伤害，即使是无意的，即使是不自知的。我哈哈大笑，扶起摔倒的朋友，他之所以还是我的朋友，因为伤害的力量还不够。放映员在观众们威慑力不大的抗议中工作着，把胶片的药膜面刮掉，露出片基，直至刮出毛茬，用特制胶水将断开或烤化的内容重新衔接。漏掉的东西将一再漏掉，当这份拷贝被多次利用，后来的观众不会知道他们所遭受的欺骗，完整被偷走，永不偿还。光束重又流淌，而银幕阻挡光的继续前行；在那被拦截之地，光的造型组成了人物和风景……

有一次，我写完作业出去的时候电影已放了大半，很难像平常那样找到居中的好位置，于是我走到银幕的背面。这里，观众稀少，只有几个对剧情心不在焉的孩子在打打闹闹。反面银幕远不如正面那么平整，明显的拼接线竖切着把银幕分成几个平均的部分。橘橙表皮粗糙，果肉却细润，它们由神创造；人工之物为什么总有不经推敲的背面？背面，颠覆了正面的律法，当演员挥动右手致意，我在银幕反面，看到他偷偷使用了左手；他的心脏，也一定偏离靠左肋的地方，而是靠右。向前望，凑在一起的密集头颅隐隐映现出边缘的弧度，他们的脸统一仰起。在这聚精会神的观众群上方，漫撒着一张硕大轻盈的光网——仿佛是一种魔法，他们沉入梦幻的催眠中。

电影，一种谎言艺术。骗术越高的演员，越能获得我们的爱戴。笑预先安排，泪定时奔涌，每一句台词、每一个动作、每一种表情都被精心设计，以赚取观众最真挚的感情。这是我们自愿投入其中的不公正交易，要被不断剥削，像笋，一片片撕扯去护层，露出心底最幼嫩的部分。为电影中的爱情唏嘘震颤，回到家中，没有什么比急迫到失态的欲更能嘲弄爱的庄严；电影中讲述的伟大必将在实际操作中被放弃，这样，我们才能变得琐碎、渺小，小得可以去钻一钻生活的空子；还有主人公坦然笑对的死，令人肃然起敬，但有谁身怀等同的胆量？当我们与疾病相逢，谁不求乞医生的一点点垂怜？电影的模仿和杜撰扩展开现实生活的边界，让我们暂时遗忘：谦卑与屈辱，奢盼与失望，谨慎与错误，哀求与拒绝……遗忘种种日常遭受的心灵磨难，而为另一些存活于光影之间，比我们更幸福，乃至，比我们更高尚地体味痛苦的人们欢笑和叹息。

每次看完露天电影回家，我的情绪都处于某种荡漾状态。我在刚刚过去的一个多小时里毫发无损地经历了战斗、疾病、背弃、灾祸、热情、冒险、重逢、死亡、冷漠、忏悔，当电影结束，它们的综合力依然作用在我身上不肯轻易离去。从麻醉中复苏，我还需要一些时间。

那晚放映墨西哥影片《冷酷的心》，讲述的故事涉及爱情、伦理和道德。端庄的妹妹莫尼卡远比妖冶的姐姐阿依媚要善良，但是无论草莽英雄式的胡安，还是贵族血统的雷纳多，迷恋的都是美，放荡不羁的美；等认清阿依媚的不专，胡安和雷纳多兄弟二人才转而钟情莫尼卡。影片要告诫我们，外表美终要输于内心的美，但是谁都可以看出，对莫尼卡的爱，更多是感动、感激和感谢——而爱狂热，充满嫉妒，一旦失去会让人产生毁灭感和报复欲，就像男主人公对阿依媚表面的厌弃。爱的礼物，是伤痕。我在回忆里不断重放魔鬼胡安热吻阿依媚的镜头。需要适当调整一下呼吸才能克制开始萌动的隐秘期待，我的嘴唇灼热而轻颤。高大又健康的情人，将在未来岁月某个拐弯的地方等待，他笑容温和，胸怀宽广；我会因为爱他而承受无穷无尽的挫折和惩罚，对此，他永不知晓。水洗般洁净，夜晚，如同深蓝的玻璃浮雕。树木的枝条和叶片深深浅浅，远远近近。月光，那金色的长长的眼睫，垂拂在我瘦薄的肩上。对于恩赐给我的温存夜色，我不知说点儿什么，才能有所报答。必有粗糙得近于丑陋的外表，来映衬我敏感得近于精致的内心。在干旱缺水中生活，自身却饱满充溢——正是在这个夜晚，我开始了多汁又多刺的少女仙人掌时代。

光的流速最快，电影，这让我倾心的魔法，能把光保存下来，让它不断复现。我从林阿姨那里得到过废弃的显影纸边角料，它们藏在背光的盒子里。取出自己周岁留影的底片，我把它按在剪好尺寸的相纸上，用夹子固定好边缘，放在台灯上面的铁丝架上慢慢烘烤。我信手转动着灯罩——用透明胶片做的，里面还衬着《杜鹃山》的剧照。闭掉台灯，这些彩色胶片只是一个个发暗的小格子；当内部的光到来，上面的人物马上苏醒，满怀激情地舞蹈、歌唱。我继续旋转灯罩，错落排列的胶片概括出一个完整故事。时间够了，我取下相纸，移开盖在上面的底片，小小奇迹降临，原本空白的相纸上出现了一个婴儿影像：黑，白，灰，简单的色彩对比关系组成曾经的我。久久端详，我发现没有比自己更陌生的事物。直到，相片变成灰蒙蒙的一片，上面的孩子消失，一如我的昨日再次隐匿。也许我们需要光，目的只是为了留下瞬间的影。我没有掌握高超技法让影像长期留存，不能像电影胶片，永远为远逝之物作证，即便由于陈旧上面刻满雨线般的划痕。

电影以何种方式介入我们的生活，我在上小学的时候有了一次实际接触。两辆解放牌卡车停在门口，接大院里的人去看当晚一场特别的文艺演出。我爬上第二辆，是新车，驾驶室透亮的玻璃，厚实乌黑的橡胶轮胎，哑绿色的挡板上嗅得到好闻的油漆味儿。车速很快，路边的景色更替，在车后腾起的飞扬尘土中迅速模糊。我害怕地蹲下身。勇敢的人会在卡车路过时从低垂的枝条上抓下一把槐叶顺手撒下，一阵阵，我就沐浴在椭圆的绿叶子雨滴里。半个小时以后，我们到达剧场。暗色的厚窗帘，可以翻折的座椅，缓坡一样逐渐升高的地势，亮着的"太平门"，还有缀着碎小金星的猩红色的长长垂幕。剧场的布置和道具，让前来的观众不由自主地庄重起来。爸爸是这场演出的组织者之一，我因此享有特权地进入了后台。演员们化妆、换衣服、背台词、吊嗓子、试琴音，我以前从未设想过幕后的混乱。一张张清秀面容在镜子前改变，增大数倍的眼睛、粉红的胭脂和热烈的嘴，她们的脸夸张又繁荣。一个姐姐回转过头，笑着问我："好看吗，小姑娘？"我不知怎么回答。我的茫然使这个善解人意的少女明白了什么，于是她解释说："化妆必须重，要不然舞台灯一打就什么也看不见了。你知道吗？今天还有人来拍电影呢！就拍我们跳舞的那一段。"她的兴奋溢于言表，以至于要传达给一个毫不相关的孩子。意外消息也带给我喜悦，联想起刚才入场时看到一部和放映设备有点儿类似的黑色机器就架在观众席之中，几个中年男人在旁边低语，他们，是拍电影的人。我立刻觉得与众不同，他们有一种独特的眼神和手势，有意不让外人破译。舞蹈演员们穿着水绿的丝绸裙子，相互之间说着家长里短的闲话，她们的态度太生活化，我替她们害羞。愿望中，她们应该沉静寡言，像湖中的忧伤仙后。铃声响过，节目开演了，报幕员被话筒放大数倍的声音在回荡。后台里人来人往，无人看管的我四处走动，一张帘子所掩住的艺术背后的嘈杂留给我深刻印象。一会儿，报幕员跑过来通知舞蹈准备。突然之间，刚才还说笑的演员们沉默了，仿佛圣女，等待某种非凡命运的莅临。音乐悠扬，她们上场了，步态流水般轻捷，斜射下来的舞台灯试图捕捉她们长裙上流溢的光泽。腰肢婀娜，指尖灵活；纤长手臂波浪一样柔婉地起伏，裙裾随着演员转动打开薄软的朵瓣；她们时而聚在一起组成生动造型，时而分开，孤单无告，默默弯折玲珑的身体。那丝绸般安谧的光芒，丝绸般细腻的爱情，丝绸般易于被撕毁的美。躲在拉开的幕帷后凝望她们的舞姿，我注意到她们的被浓重阴影烘托的眼睛是那么凄美，那么传情，丝毫没有我曾认为的不妥——只有比现实浓烈、夸大和造作的内容才能进入艺术视野。如同一个放大的乌黑枪口，此时镜头正对准她们记录下完美的肢体表达。也许正因摄影机的存在，她们格外认真、投入，圣洁之舞暗示我们可能之外的生活。夹杂在舞蹈乐曲中，我好像听见摄影机极其轻小的运转声，闻到微微发热的金属味道。机器遮住拍摄人员的脸，他以迥异的眼光和角度窥视：因为表演转瞬即逝，所以，摄影机每一分钟的记录都等同哀悼。刚开始，我还莫名其妙地替演员担心舞蹈出现什么失误，本能上认为，电影针对的，应是相对完善。但很快，也有一个跳舞的灵魂将我操纵，我受到感染——像一种被感染的病，我体会到虚脱，不胜轻盈。在舞蹈进行的十分钟里，我丧失了时空感，周围人们的对话、举止，整个后台的背景，每分每秒时间在空间里被消耗掉的嗡嗡声，全部，被一个黑洞吸纳。谁也不知道，此时站在帷幕后的，是一个抽象的孩子。伴随掌声灯光暗下去，演员们鱼贯回到后台，上台前和我搭话的那个姐姐从身旁经过，她的绸子衣袖轻轻擦拂到我的面颊。这个无意间的小小动作，句号一样，结束一切浪漫。沉甸甸的世俗状态和落幕一同降下。天使般的姑娘，还原出本真的样子，她们擦抹着额头密布的汗水，大声说笑，脱掉服装，露出袖口破了边儿的棉毛衫。有一个年龄稍大的演员提醒另一个下次表演时注意，刚才，差点儿撞到她。她一边说，一边卸装，脸上油彩乱作一团。她顺手很快抠了一下鼻子。摄影机下短暂的典雅端庄，幻觉似的荡然无存，无从追忆。穿过拥塞过道，我离开后台，沮丧而略带仇视。我宁肯没有见识过这里，无知有助于巩固我的纯洁和纯洁的信仰。只有在摄像的焦距内，我才能目睹纤尘不染的纯粹之物。那么电影镜头所充当的，难道不是一只来自神的监督的眼眸？宛如戛然而止的插曲，或被摘去的精巧饰品，什么一闪即逝恢复了我们原来由琐屑构成的灰颓现实？

艺术，难以成为生存的主旋律，因为谁也提供不出与真实生活比例相应的庞大的舞台美术布景。幻想是一种疗效显著的安慰吗？还是说，幻想存在的目的只是为了映衬出现实的窘态？电影中的一切都被装饰过、美化过，动人面容，巧合的情节，庄严的牺牲……甚至，连丑也进入审美范畴，遵循善美原则的艺术作品带给观赏者满足，往往正因为它背离活着的本相——生活，由破损、失衡和污迹组成，零星的圆满来自不规则图形之间偶然恰巧的拼对。

而我依然要信任电影，几乎是悲剧性的，信任那些让我永远也抓不住的流动的光。我由此确认自己的命运，像那部当时没有看懂的外国影片——《红菱艳》，它的象征肯定又具体。生活与舞台、现实与梦想相互交错的叙述方法和结构让我不解剧情，只大致明白女主角是个芭蕾舞演员，为了艺术造诣，她必须放弃与提琴手的深挚爱情。锥立在狭小支点上飘摇，至美的东西无不隐含残疾，像芭蕾。女演员要扮演的舞剧角色是这样的——一双附着魔法的舞鞋让那个热爱舞蹈的女孩再也不能停歇，旋转，弹跳，无休无止地旋转和弹跳……最后，她累死在继续跳舞的红艳的缎带鞋上。

旧
物

我们可以从日常生活中轻易提炼出这样的经验：一个念旧的人，往往比逐新者更注重情义。只有旧物能为时间作证，让我们在几近空虚的记忆里试着列举某些破绽。旧物，唯一值得信赖，因为使用率已降至最低，不必再为前途和利益说谎，它们自愿剥除所有外在装饰，暴露多年隐瞒下来的真实内层：如丝如缕的蛛网，亮泽完全移开后留下的暗淡底纹，磨损的表皮和毛边儿，分布均匀的霉点，潮味儿抑或枯透稻草般彻底的干燥气息，还有，细腻无比的灰尘——颜色正是浅灰，轻贱中不失雅致，太阳底下不动声色闪烁出银质的光感，每一粒尘埃都约等于时间的最小计量单位，就是它们，能对万物造成惊人的破坏。一切衰竭与陈腐的细节，簇拥旧物，使它们更逼真地表现出靠近死亡的神情。我从小就接受过无数暗示：托付在旧物之上的情感必将走向深渊和黑暗，但我至今仍不放手，一张眼孔粗疏的网，我幻想用它打捞几尾细窄的鱼，在往事的黄昏河里。

　　我努力把所剩无几的牙膏奋力挤在牙刷上，然后拧上红盖子，仿佛在为这管中华牙膏的牺牲做出某种肯定。扁卷的牙膏皮和窗台上积攒的其他几只放在一起，微妙地增加了我的快乐——它将换来一枚亮晶晶或污渍渍的硬币。透过玻璃，我看着外面：这是一个典型的20世纪70年代的星期天，天空晴朗，看不见一片薄云，像是穷人的好心肠，干净明亮，因为没有心事而保持无知般的乐观。所有的女人都习惯劳动，起得格外早——第一缕晨光照耀着泡在大铁盆里的庞杂衣物。她们用身体抵牢棱条分明的木质搓衣板，勤快的双手反复揉洗，把袖子高高挽起在肘部以上。晾挂的地方有限，她们必须抓紧时间，以便在大树间的铁丝上抢占一席之地。被肥皂和洗衣粉泡白的手从浊黑的水盆里一次次捞取种种便宜的纺织品，它们沉甸甸的。每个星期天都上演一样的情节，夫妻隔在两边，朝相反的方向，吃力拧干哗哗滴水的床单或被面；当他们重又啪啪地抖开布匹，那上面碎密的折痕暴露出来——这日常生活的铺垫物，经常被洗涤和缝缀，由此保障家庭平稳又安详。太阳地里，垂着或蓝或粉的大格子床单，两端被夹子固定免得被风吹走。孩

在往事的黄昏河里。

收藏

子们在晾晒的衣物间躲藏、追逐，被大人呵斥制止之前，他们恰好来得及在潮湿的单子上印盖一个脏手印。看得更远一点儿，还可以发现劳动的连锁性质——大院门口，一对乡下夫妇已掀开临时帐篷的帘布。男人手执巨大的木质弓架，弹着一床旧棉花套——原本简朴的劳作，因悠扬的旋律和节奏无端满溢着美感和诗意，劳动者也不由自主沉湎其中，在丝丝飞升的棉絮和尘埃中，他的脸格外静穆。他的女人，头发蓬松着，蹲在门口的阴影里，露出毛线衣下半个圆实的乳房，给婴儿喂奶。婴儿的脸有点儿脏。今天，他们会收到更多棉胎，发黄，紧凑，散发体汗和种种莫名的气味，这是人们夜晚裹挟的茧壳被临时蜕下。贯穿始终，那绷弹的音乐，概括古老工具的全部美妙，遮蔽着清贫而简单的日子——每每，它要路人处于一种恍惚又神圣的倾听里。除非，被突发的啼哭打扰——裹在襁褓里的婴儿，经常做出与年龄不相称的愁苦神情，好像，因为预知沧桑而表述对于降生的反抗。但是，无人注意到他啼哭里的象征意味。星期天的日子，就这样，简约，明朗，平和，抒情，按照既定多年的样式，铺设上午时分的动人光亮。

每个月的第一个星期天，院中心的转盘处，都设立起一个废品收购点。那里集中着卖破烂儿的微笑人群，几乎成为一个平装的节日。牙膏皮，旧报和零散的废纸，玻璃碴子，干燥的橘皮，铜，空酒瓶和罐头瓶……这些生活中抖落下来的皮屑，这些消费之后残余的部分，这些隐匿于家庭各个角落的时光退伍者，聚拢一起，要争取最后的意义。在一杆秤面前，队伍疏散又有序地排列。秤星的金色斑点，均匀，精密，排布在纤长乌黑的杆上；秤锤，比喻某种权威，沉重而下坠，好像叹号末端有力的点；只是，秤上悬着的弯曲铁钩，很像音乐起始处的谱号。收购员开合唇齿，宣布物品重量和价值。可是，凭什么，一杆秤成为唯一的裁决？私人用品，仅仅因为拥有的年限太长就被废弃，交给所谓的客观尺度去统一计量和估价，这时，隶属于个人的、真正珍贵的东西被忽略，被抹杀。是不是，正因此，人们脸上才普遍浮现笑意？变卖旧物，以拱手相让的既往经历，换回卷皱的小额钞票——建立在对往事的大量浪费和低价出卖上，提炼出有益于今日的经验；践踏过去，使人们阔步前进。报纸上的社论述评、重要新闻、模范事迹、天气预报以及副刊上托物言志的热血文章……一根结实的麻绳捆扎起纸页上负载的历史，它们现在以每斤几分钱的价格出售——什么经得起时间的轻蔑？油墨印刷在再造纸浆上，离下一次被毁有多远？下一次，它是不是还能有幸成为被阅读的，而不是塞在厕所里的手纸？变卖，加快了新陈代谢的节奏，如同更快地挤净牙膏，我还吃下更多的橘子以剥下表皮，男孩脚下的足球也更准地击中窗户，玻璃倾塌，发出巨响。贪心地侵占，勇敢地破坏，每个人都在为制造废品而努力。

必须承认，有些出现在收购站的事物是在瞬间突然改变性质的，比如，一根少女的发辫。当附着于一个活泼可爱的生命体上，它乌黑、油亮、生趣盎然；剪下来，和种种回收杂物一起堆放，发辫忽然变得丑陋、悬疑，甚而，带有显而易见的恐怖意味。还有一次，在废品站的旧书里，我翻到一本书，夹满了彩色糖纸。意外的礼物令我欣喜若狂。那时候，男孩流行收集烟盒，并且，按牌子分出等级的高低，中华、牡丹、凤凰、大重九、前门……女孩们，则选择积攒糖纸。这本书，可能是一个小女孩的全部秘宝。每一张糖纸都小心地保存下来，用书页压平，垫在枕头下，引导夜夜纯洁的美梦。现在，它们被粗心的父母当作破烂变卖，那个破产的小女孩，抵押终身的泪水也无法追回童年的遗失。从宝贝变成破烂，只需几秒钟；当我侥幸成为继承者,糖纸迅速恢复了原来的身份和价值,同样,只需几秒钟。美丽透明的玻璃纸,让我想起消失的糖,得以重温停诸舌尖的短暂甜意。记忆,也不过是一张裹在往事之上的包装纸罢了,它改变原有的饱满形状。翻着书,我清点捡来的财产,无意中看到糖纸的色彩覆盖了一些文字,通过剩余的透明部分,我读到的话语支离破碎:"恒能够唯真理念前。"——是谁,发布谶言,用伪装的巧合,用孩子的游戏手法,用深藏的伏笔?它隐身于一本宣传革命的书籍。它以废品的廉价身份出现。在沙堆旁,我用手指戳了个小洞,把这张咒符一般的神秘糖纸铺在洞口,周边依然撒上沙子,做成微型陷阱的透明盖子。一只蚂蚁从上面经过,对比它的渺小身体,世间一切细节都被放大处理过,造成危言耸听的恐吓效果——这只蚂蚁如斯跋涉在它理解中的沙漠。糖纸反射太阳,形成一枚光斑,好像一座金字塔搬空,让我们看到那从未受到烈日洗礼的苍白底基。小心翼翼,敏感的触角探测着空气中的紧张因素,蚂蚁格外谨慎……但它没有察觉,脚下正是深渊。

卖破烂的钱,父母收起毛票,我得到全部硬币——这让我期望所有金额都以硬币兑付。分配形式直接影响到所有者的不同。对零碎之物，人们往往不予重视，但它们的累积之和，等于甚至大于一个整体。十个分币要比一角纸票更象征财富，我的上衣口袋因为它们的存在而出现一个下陷的微妙弧形。硬币金属性质稳定，不像纸钞那样轻如蝉翼，那样易于涂改和撕毁——连举重运动员的有力手掌也对一枚镍币无可奈何。捞出阴沟里的硬币，只借几滴水它就恢复了熠熠光亮；比它值钱的纸钞，却不能抵御一支圆珠笔的划痕。钱币设计者通过镍币和纸钞性质对比，告诉我们什么组成世界的基础，并且，这基础又是如何不容撼动。一个老太太把分币核点清楚，用纸卷好，到储蓄所换回几张十元整票；她没有意识到，原本牢固的生活基础就此转移——走出储蓄所大门，她不放心，拿出掖在兜里的票子又清点一遍数额，一阵突如其来的疾风袭来，好像惩罚，从她老迈无力的手指间夺回钞票，吹扬到空中，转瞬，老太太的积蓄消失于隔院的那侧高墙后。

存钱罐缓慢增加着体重，变卖使我日渐富有。确保富有用两种方法：一是收入要多，二是支出要少——把消耗减至最低，我凭借后者，让每一枚镍币以最大值体现，它们闪烁银光，闪烁形而上的虚幻之美。除了用手头的钢镚买几根果丹皮或爆米花，我从不肯轻易砸碎瓷质的小猪存钱罐去换取更好的物质享受，因此，我的零用钱更多体现为精神财富。这是那个年代的孩子掌握的第一个生存技巧：节俭。这是个非常实际的美德，它教会我从精微入手，使欢乐、幸福之类的动人字眼不需苛刻的实现条件，并且，得到夸大和延伸。节俭美德上升于宗教，就是深山古寺里箪食瓢饮、竹杖芒鞋的清简僧人所言："一沙一世界。"

但是，当硬币攒到足够数量，一个来自成年人的预谋开始了。和蔼的声音说："用你存的钱给家里买个理发推子好吗？"在此之前，在妈妈同样温柔的劝诱下，我心甘情愿买了一盏台灯，它坐落在木桌上，夜晚降下一小团橘黄的迷雾。虽然，我很少用到它，但我觉得愉快，因为，这是我买的。不久，家里果然多了一把理发推子，沾着用以润滑的机油，我几乎握不稳。镀铬的金属推子也闪着银光，就像熔化很多镍币后打造的。钢齿轻微地嚓嚓作响，在弟弟低垂的幼小头颅上留下醒目的壕沟，碎发纷纷掉落，一地都是。弟弟顶着硕大的秃脑壳，不知为什么，让人平白感觉到了几分危险。理发推子畅通无阻，行进在我们身体的最高处——它之于我，和台灯一样毫无用途，但我再一次因为它表面上隶属于我而满足。从存钱罐到台灯、理发推子，甚至于更多，我本身并没有占有什么实际内容，得到什么实惠利益，我只是过路的保管者，只为短暂而虚妄的所有权而骄傲——形同多年后，我在纸页上抒写，为词语所谓的命名权而沉醉。父母以合理借口取走孩子的积蓄——如此，我们自愿交付爱，交付泪滴，献出手和心所存储的一切，以供奉命运，看护我们终生的命运。

就像老人筋骨毕暴的手，脉络显示出来，在干燥多皱的叶面上。褐色的枯叶，每片都难看，叶子边缘曾经象征茂盛生机，现在，那上面的锯齿形模糊了；清楚的，是虫子啃噬后的洞痕和留下的卵粒。但是，当树叶集体陪葬于秋天，纷纷从枝条上脱离，多么壮阔，多么凄怆，呈现深秋一场最残酷的美景。一生中唯一的一次飞翔，这些短命的蝴蝶，从树枝到地面，就是全部旅程。翅膀折损在树根旁，一点点堆积起来，不等风来搬运，焚烧的烈焰舔食，就把它们变成比翅膀更轻的灰烬。一片来自高空的叶子突然吹刮到脸上，像一只手，从背后伸出捂住我的嘴，阻止我说出更多。就在这时，叶堆上升腾的滚滚白烟后，我看到了那个点火的人，院里的小孩全管他叫"垃圾老头"。

童年，总能找到一两个神秘的人，与我们的生活保持令人猜疑的间距，或者说，我们乐于制造他的神秘身份，以使自由扩张的想象力围绕某个共同中心。垃圾老头无疑是个合适人选，他卑微得不足以对孩童构成威胁，甚至，他的形象专门用于孩子克服对成人权位的恐惧。孩子要在他身上，试试自己最初的力量。只有健康的成人是正品，孩子还在雏形，而这样一个老头儿，掩不住马上就被光阴报废的样子，就像他终日忙于捡拾在手的众多废品。捡破烂兼打扫卫生，他的生活以废物和尘埃为建筑基础。从夏至冬，光脚伸进鞋窠里，当他弯腰去够一片碎玻璃的时候，脚踝和裤管之间，就露出一小截脱着皮屑、裂了血口的粗糙皮肤；驼着背，更深地驼下去，他的头窝向胸部，刻意藏起实际身高，他终年套着满是污垢的深色衣裳；葵盘远离了日照一般，他的脸朝向地面，只有在那里，在被路人的脚每天践踏的地方，才能找寻到他真正需要的东西；他偶尔抬起头，你会看到浑浊的眼睛和黏附的眼眵，还有，纵横的足以表达一个人全部挫折、辛酸与失败的密集皱纹——时光的刀就这样肆意刻划他的脸。创造一个人需要一瞬，此后的几十年均用于毁灭。毁灭精确计算一个人的寿限，它是多么连贯，多么有效，毁灭的刃之所以钝掉，是为了更加漫长地实施；而锋利的伤害，有时会带给承受者某种快意和解脱。垃圾老头没有妻儿，谁也不知道，与他有血缘联系的家人在哪儿。他孤身一人，住在楼角一间半地下的储藏室里，沉默寡言，看牢身后的秘密。这个一把年纪还以出卖体力过活的孱弱老人，既不能自保，又没有可以依靠的亲人站出来捍卫他的尊严。大人们往往忽略他的存在，而孩子的传言中，垃圾老头的身世又显得神秘莫测。有的说他当过特务，深夜从收音机的敌台里接受命令；而最恐怖的说法是，他年轻时候杀过人。孩子的假设从来不需任何理由或根据，他们渴望故事发生在无限遥远的地点，以至，遥远得越过了真实的边界。晚秋的一片萧索中，走着垃圾老头，见到废纸，就用手里的长钩子一穿，朝后甩到背上的大竹篾筐里，铁钩划出一道有点儿变形的弧——这个动作被重复无数次，就可以换回一分钱。只有在这个弧线里，他保留着手臂的充分灵巧，所有日常的其余动作，都为了烘托这个灵巧而滞重不已。当他走过，男孩们围着他有节奏地叫喊几句："垃圾老头，垃圾老头，垃圾老头……"或是故意装作害怕的样子四散逃开。有一次，院里有名的一个淘气包从暗处飞出一个瞄准的石子，正打中垃圾老头。隔了几天，我看到他的前额上渗出斑斑黄水的纱布，脏橡皮膏在上面打出一个歪斜的十字架——这是个特别标记，上苍选中他，作为灾难的祭品。

在混浊中坚守清白，一场徒劳无望的努力——完全无意识的，垃圾老头传递这样的真理，看，他的扫帚聚拢起灰土和落叶，旋转方向的风却把它们狠狠吹刮在老头自己身上。这是代价。一块抹布想尽到清洁的职责，首先要把自己弄脏。他推着运送垃圾的三轮平板车，天冷风大，走上一段，塑料袋或菜叶会遗洒下来——从来就没有被消灭的肮脏，它们被集中，被安全地运走，只是为了重新均匀地布满大地。

叶子需要水，所以，现在它们得到火。我闻到火焰的焦香。一些叶子变得通红、透亮，像等待淬火的薄铁。他把那些落叶，那些秋天散发的传单全部销毁，树枝上不久就会安静下来，它们不再持有制造喧哗的材料。垃圾老头向这边招手，隔着火堆上的热气流，他的脸轻微荡漾，如置水中。我向他走过去。我从来都不怕他，也不伤害他，因为我见过他偷偷埋葬灭鼠运动中被农药毒死的耗子——一个被厌恶的小生灵，在死后，它得到唯一来自人类的关怀。这一次，我离他很近。我发现一个老人，同样是一件时间的旧物。变旧，就是每一天由生至死的缓慢步幅。垃圾老头善意地俯望我。摊开指甲残裂的手，他交错的掌纹上，一枚晶莹剔透的玻璃弹球微微晃动。

一方面我们扔掉，一方面我们收藏，那些旧物，将有两种命定的去处。愈加古老的愈显价值。我想起那个言说者的话：收藏，就是使物品丧失实用和流通性，只具备审美意义。破烂被我卖掉，捡拾破烂的人已死去，而这一切，被记忆收藏。我相信记忆非凡的鉴赏力：一间光线幽暗的专门收集旧人旧事旧物的隐秘仓房，它知道应在何时开启或关闭。保留最隆重的事件，还有，最游离的细节。后者看似零乱庞杂，既有精美的瞬息、简洁的特写，也有一些，支离破碎，甚至，像废品、垃圾或尘泥，似乎该马上从记忆里清除，但它们包含着丰富的令人震惊的寓言主题。概括和预见，以最隐晦的方式、以片段式的童年图景记录。随着成长，生活的可能性逐步缩减，回望百合色的童年，它已成为我内心的宏厚基座。我又看到了那个下午，感觉到手心里的微凉。

那个下午，我离开垃圾老头，离开一堆堆燃烧的枯叶，一个人往回走。我看到腌雪里蕻的妇女，在一抱矮圆的坛子里，填进茎叶和粗大的盐粒。事先，雪里蕻已风干过，人们要提前把青嫩的叶子变旧，某种新鲜、活跃的元素反而被保留下来——在蔬菜品类稀少的深冬，腌过的雪里蕻依然保持悦目的绿色。我看到磨剪子的人，他的吆喝抑扬顿挫："磨剪子嘞，抢菜刀……"哗楞子的响板伴奏，铲形的铁片，让人想起古代刀币。磨石的凹面明显，盐水要在更冷的时候使用，这样，磨石上的水就不易结冰。他此时正在磨一把剪刀，浊重的黄浆顺着磨石边缘流下来——看似利器中，原来裹挟着那么多的锈。我看到正是磨损，使万物锋利。在我眼前，灿黄落叶不徐不疾，展现它们舞蹈着的灵魂，而我慢慢打开小手，一粒玻璃弹球，水滴一般，带来眼睛和手心的双重凉意，被童年尚不分明的掌纹托起，我看到它忽明忽暗的光亮。

锯木场

只有它死了，你才能确切判断出树龄。树木以写意笔法概括着一年四季的风霜雨雪、虫嘶鸟鸣——年轮仿若荡漾开去的涟漪，扩散，旋转……形成一组美妙的同心圆。围绕一粒种子的，是复杂多变的叶序与花形；围绕一根羽毛的，是整个飞翔历史与天堂的存在——那么，重重年轮围绕着什么核心物质？一些木头从中间隐隐开裂，如同一个秘密即将承载不住。

直径不一的原木分门别类地堆放着，它们来自不为我所知的山林，来自遥远，来自处子般的宁静。我爬上其中一个楞垛，坐在最顶端的一根原木上，向四周张望。锯木场真大，因为没有人走动，在视觉和心理上更增加了它的面积。到处是杂乱陈放的木头，刚刚运到的，粗粗加工成板材的，还有许多锯掉的树皮——在北方的院落，它们经常被用作栅栏。简陋的棚舍边，一个男人蹲俯在那里，用一只很大的碗喝粥，裸露着黝黑的脊背。我见过高大的运材车到达这里，是罗马尼亚生产的斯康尼亚牌木料，卸下小山似的木料，足有五十立方米；也见过不同的买主来往，仔细拣选，商议价格。但这些木头似乎从未有所增加或减少，堆积在这里，一年，两年，或者更漫长的时间。它们途经水道、铁轨以及颠簸的漫长公路才能运抵——跋山涉水，历尽艰辛，为了靠近刀锋的边缘。

  电锯安静地停着，不再发出刺耳噪音，但我依然看得清锯齿上连续的刀刃。很久以来，我都把它视为最恐怖、最血腥的机器。早就听说过关于电锯的令人惊悚的故事：一个好奇的男孩凑近，想看看木头的切割过程，他的头忽然被谁拍了一下，原来，竟是被瞬间切飞的自己的右手。我毫不怀疑这个故事的真实性，在那样的孩童年纪，越是夸张的就越令我信服，越是真实的，就越让我遗忘。刀，解剖的哲学，破坏的艺术——刃具薄而尖，却强于厚重之物的杀伤力；并且，正因为它薄而尖，才能深入更多、更细微的领域。刀进入水果或肉体，却得到甜的汁液的包围；刀进入木头，使刃上的寒光更亮。当摇动一盒火柴，里面回荡着好听的"沙沙"声，你就会明白，在刀的帮助下，木头如何由一个整数变成近于无限的复数。抑或，这一切不过在推导和阐释某个略含悲剧色彩的真理。树木必须根植土壤之中，才能叶茂枝繁。然而，金、木、水、火、土，看看五行的排列顺序，对木来说，首先到来的是代表金的刀斧——杀戮宿命地出现在最前方，而土，那象征拯救的力量安排在最后。锯木场里，轻易能找到陈积的锯末——人们很难联想起，这与一个死者凝固的零星血迹存在可类比之处。在清扫时撒上锯末，可以让地面格外干净；冬天，人们还将锯末填进窗缝用以房间的保暖。一次，轮到我做小组值日，我照例从校办工厂端来锯末。低下头，这些锯末就像是一些来自异乡的浅金色尘土，如此洁净，但是，它们却要与泥垢为伴。我的手不由自主伸进绵软的锯末中握了一把，却意外地，被躲在其中的一枚尖小木梗刺中。一颗血珠渗出，滴落到粉尘一般细柔的锯末中，并立刻被吸纳。

当一棵树被锯掉，它死后复杂的变形生涯就此开始。它可以成为什么呢？柴薪。发梳。门和床。木偶。老人依撑的拐杖。筷子。鞭子抽打下不停旋转的陀螺。舟筏。连通线缆的电杆。琴。当一个人顺着梯子向上攀缘，手里握着斧柄，准备砍伐树枝——这个平凡的暴力行为中，斧柄、梯子和树枝，分别充当着主谋、帮凶与受害者的角色，而三者全由木头组成。你可以就此做多种猜想：一场发生于兄弟之间的屠戮，一个自导自演的悲情剧目，或者，这是一道循环命题，为了对某种道德做出刻意的嘲讽……可是，这还不够，木头的变形记继续上演——脱颖而出，它变成纸张，迥异于世代传承的植物形貌。纸张又向前走，它变成信件、书籍乃至钱币……木头以高明的化装技巧渗透并覆盖了我们生活的全部。面对这一庞大的家庭谱系，我们的目光不能忽略掉那些足以成为祖辈的古老树木，亿万斯年，它们在隔绝空气的地层之下逐渐炭化，成为今天的煤。黢黑的煤，燃烧吧，为我们所需的温暖和光明都要从中提取。以生死为界，木头经历着极端的对比：生前它享受阳光雨露，死后，它遭遇刀斧、火光与浩瀚无边的大水。在燃烧的丛林，漫延的大火从一棵树传递给另一棵树，它们将在一起，从生，贯穿到死；在那鸥鸟盘旋的海岸，散陈几块被礁石与浪花合谋击碎的船帮。

我读过一篇童话，名字叫《去年的树》。当我坐在锯木场中，嗅着空气中散发淡淡清香的木头气息，再次想起这个故事，我的眼眶里涌起纯洁的泪水。一只小鸟和大树做了朋友，它每天都在枝条上婉转歌唱，直到秋天，疲倦的落叶铺满大地，小鸟不得不起程，前往南方的老家。大树说："亲爱的小鸟，你还会回来看望我吗？"小鸟说："当然啦！等着我，春天的时候，我还会回来给你唱歌。"于是，小鸟飞走了。整个冬天，小鸟想念着它的大树朋友。春天又来了，小鸟飞回了森林。可是，它没有找到去年的那棵树，于是，它向周围的树询问："你们看到我的大树朋友了吗？我说过今年还会回来给它唱歌，可我却找不到它了。"原来，它的朋友已经被砍掉，送到伐木场去了。小鸟非常难过，它飞到了伐木场，问那些伐木工人："你们看到我的大树朋友了吗？听说它被送到这里来了。"伐木工人说："你的朋友已经被送到火柴厂去了。"小鸟听了，就飞到火柴厂，问制作火柴的工人："你们看到我的大树朋友了吗？"火柴工人说："它已经被做成火柴，卖到杂货店去了。"小鸟又飞到了杂货店，问老板："你看到我的大树朋友了吗？听说它已经被做成火柴了，卖到你这里来了。"杂货店老板说："刚才来了一个小姑娘，把火柴买走了。"最后，小鸟飞到了小姑娘的家。它看到小姑娘正好擦亮一根火柴，点燃了一盏灯。小鸟想，这就是它的大树朋友啊——于是，它就对着燃亮的那一小簇火苗，唱起了歌。

　　飞鸟近于天使，因为只有它可以往返天堂与大地；而它的宫殿，建筑在清凉的树叶之间。对于树来说，鸟具有多重身份。鸟携带树种到达遥远的地方；同时，它还是医治虫患的大夫；更多时候，鸟转动的眸光变幻莫测，周围，众叶喧哗，而鸟谛听，然后将之准确翻译为错落的诗行，或一段完整的咏叹调。树是不死的，如果还有鸟栖居它在伸展的枝条上。而现在，只有喜鹊偶尔落在锯木场的空地上，翅膀上似乎残留着冬天的积雪，这使它透露出一种寒冷的气息。还有乌鸦，大群掠过锯木场荒凉的上空。在许多场合，它们与喜鹊形影相随，似乎表白着，什么必然伴生于欢悦。乌鸦比喜鹊飞得更高，生活中的悲喜亦是如此。

我迷恋木头的气息，它们因品种差别而芳香各异。桦木味道清香，杨木混合进一种淡淡的苦涩，坚硬的柞木，连香气也是那么肯定，带有别样的质地感。水曲柳上印写着疏密有致的花纹，如同珍藏着一幅古老地图。而椴木，让人联想起开花时节树丛中弥漫的碎花——四瓣的，洁白而细小，飘逸着少女一般的纯真气息。金黄的蜂子萦绕着，它们会在这动人的夏日里酿制出乳白色的椴花蜜。甚至在被做成家具之后，椴木也未舍得放弃它的绸缎光泽。

飞鸟近于天使，因为只有它可以往返天堂与大地；而它的宫殿，建筑在清凉的树叶之间。

收藏

阳光如同洁净的溪水，那跳跃的银色斑点，要把眼睛眯起来，才能看清那种明澈得让人心里一下子空了的光亮。锯木场外，围绕着一排挺拔的白杨，远远看着树叶在风里摇曳，宛若被波浪放牧的鱼群鳞光闪动。它们活着，深埋错综的根系。如果没有斧刃的侵犯，它们永远不会离开故土半步。动物和植物之间的重要区别呈现出来，当一只动物不再移动，它死了；而当一棵树被移动，它死了，在前往锯木场的道路上。其实我们可以怀疑许多词语的性质，惯常用法是否提供的是误导，比如，热爱自由何以不是一种生理习性所致，而要提升到美德的高度？树木一生的静止，也许蕴含着某种在我们理解之外的忠诚。从杨树下经过，会听到叶子哗啦哗啦地响，好像唱诗班的孩子动人的和声；有时，一枚蝉蜕被风吹落，"啪"的一声，很轻。这时，我就会仰起脸来看树干上的眼睛，出自谁不朽的刻写，它们都有些悲伤，凝望一无际涯的时间深处。再往上，是错综的叶簇，闪呀闪，把干净得像新银币一样的阳光信手抛洒。叶子的阴影叠合在一起，使树下的光亮度不易察觉地比周围稍暗。我知道，如果没有它们的遮护，阳光会如同万支乱箭穿射在我身上。树荫还牵涉到消逝和怀念，因为站在树下，空空荡荡的,你无缘觅见若干年前为你播种下凉意的那个人。

我在春天的锯木场游荡,像一颗无处降落的种粒。黄昏,在那神走过的天阶上,风,要把云朵打磨成玫瑰的造型。庞大的天堂花园,它在地面上的倒影却迥异于原有的华贵——锯木场,到处是死去的树,没有枝叶和短暂停留的花瓣。只在外围,点缀着活的树木,仿佛证明,死端居于生命的中央。在漫无目的的行走中,我险些被什么绊倒,原来,在潮湿的草丛里,埋着一个低矮的树桩——树走了,却留下了它的鞋。在整齐排列的杨树中,就这样秘密地少了一个兄弟,也留下一个不可弥合的缺口。进入锯木场,必须经过这排稀疏的甚至含有缺口的杨树林——阻止人们进入死,生的手段运用得多么无效。

暮色降临锯木场,炊烟在工棚舍上方升起。昏黄的灯泡下,铁锅里翻炒着便宜的菜蔬,经常是土豆或白菜。炉膛里通红的火映着女主人有点儿憔悴的脸,前额上的几丝散发被锅灶里升腾的热气吹动。她的男人坐在灶房的条凳上,慢条斯理地卷着烟丝,然后,他划亮一根火柴,一小团橘黄色的明亮光焰仿若从暗里突然显现的奇诡之花又旋即消失,一会儿,劣质纸烟的呛人气息缓慢扩散开来。门外,夜晚广大……

楞垛在夜色中呈现出深黑的轮廓，显得有点儿怕人。躲在缝隙里的小虫们却意识到了安全，它们开始试调，振动身体里精致的发音板，此唱彼和。野猫精神抖擞，随着光线变化形状的瞳孔里闪射着诡异的亮光，它们巫师一般蹲伏，或出其不意地突然蹿出，把穿行在这里本来就心情紧张的下班工人吓一跳。野猫凄厉的叫声被夜晚放大，酷似婴孩在啼哭。除了争斗，发出惨叫通常是由于猫在发情，这几乎对孩子构成某种畸形的先验性教育：异性之爱可能以一种非常丑陋的方式加以表现。

我不明白自己为什么会同时对夜晚持有恐惧和依赖两种截然相反的感情。尽管在锯木场度过了许多因孤独而安详的下午，我仍习惯在日落之后尽快回家——隐藏暗处的东西让人害怕，或者，我害怕黑暗中的一无所见：它使所有的人都成为盲者。

一天，同桌的一句话让我很受伤害，虽然没有做出任何反抗的表示。或许这是语言所具有的杀伤力的一次不经意的显现，语言，一件异常灵巧的武器，纵使被掌握在一个孩子的手里，也会有惊人表现。放学后，我一个人来到锯木场，这时，晚霞好像红色幕布正慢慢拉开。我在一座座的楞垛间心不在焉地行走，有时伸出手，摸一摸粗糙干燥的树皮。小时候，我们的脆弱简直不需要推证，哪怕小小的一个错误也会成为重大过失和难以逾越的关碍，我曾因为丢了妈妈交代买醋的五毛钱而几个小时坐在马路牙子上一筹莫展，也因一贯的粗心在数学应用题的答案后面屡屡漏写计算单位而感到前途无望。这次不快也是一个例证。

月亮升起来，光线是凉的。它是一株特别的植物，发达的月光根须让我们攀附。置身夜晚的我们，是否如同黑暗土壤深处的虫豸，在神的眼里被轻蔑和一再忽略？我轻轻哼唱："月亮在白莲花般的云朵里穿行，晚风吹来一阵阵快乐的歌声；我们坐在高高的谷堆旁边，听妈妈讲那过去的事情……"在这空旷的锯木场，一个孩子的歌声孤单无依。但是母性的月亮一直那么照着，照着，让我逐渐体会到寒凉中的暖意。假若眼里恰如其时地浮升起薄薄的泪水，月亮就会呈现出万花筒般的变化。月光像秋天浅黄的芦苇，插在夜晚深蓝的水晶瓶颈里。当汹涌的白昼退去，星星点点的贝壳留在沙滩，月亮是其中最完满的一轮，赤脚的天使会在涨潮之前将它捡起。一朵昙花，芬芳于夜色，凋谢于黎明。轻盈的月牙，浅浅弯弯，它是不是女神遗落的一只金色高跟鞋？月是一条蚕吧，我们都缠裹在它纺就的丝里。一个精巧的蝉蜕,是不是每个长翅膀的明天都是从中脱颖而出?也许,在上帝清贫的口袋里,只剩下月亮这最后一枚生锈的分币,它已不具备实用价值,只能在诗人的唯美理想里流通。月亮啊,一部童年的魔法书,在那绢黄的古老纸页上写着银灰色的咒语,会让世界改换模样。

这是一个异常甜美的夜晚。畏惧彻底消除,只剩下信赖。如果黑夜果真是个肤色黝黯的巨人,那么现在,他在一个孩子面前耐心地蹲俯下来,聆听她无足轻重的烦恼和心事。美,温情,以及种种让我们无比留恋的东西,常常并不是无条件地恩赐给这个世界,它们要求代价,有时昂贵,有时又微不足道。在毫不期许的时刻,没有预感的地点,有什么让我终生记忆和感恩的内容就那样无声到来,像这个夜晚,在锯木场。然后我就会明白,为什么时间的河流义无反顾逝水而去,只是要把那枚鹅卵石打磨得日臻圆润。在一个地址呈现的景致,在其他地点可能永不复现——它已把自己安全地藏进盲区。在锯木场度过的那个夜晚,将保持毕生的贞洁,它只印有一个孩子的指纹。这个经典的、变幻的、启蒙的神秘夜晚,像一种特别的花香味道,它消失,让人难以复述。因此我将终身怀念,并试图召唤,如同幻想一只绚丽蝴蝶能翩然而至，飞舞于冬日冰河。

　　对我而言，锯木场只是一个空置的场所，仅为遐想设计；可是，它与另外一些人，发生着类似于食粮之于肠胃的密切联系。一道狭长的紫红色印记，好似锯痕，横贯他树皮似的粗糙手背，他说他生来带着这个奇怪的胎记。当他拉锯，那个印记就格外欢快地舞动，这使我一开始就注意了这个来自安徽的小木匠。小木匠姓崔，十五岁就远离故乡，背着一把锯子和几件简单的家当跟着师傅在一个又一个的陌生城市流浪，像一种候鸟，追随着维持生存的活计。他的手掌很宽，指头相比之下显得短小，被咬得光秃秃的指甲下面是圆鼓鼓的指肚。这是一双典型的体力劳动者的手，由它所联结的劳动通常伴随着笨重的工具、剧烈的身体起伏和巨大响动。与之相反，脑力劳动者静态地工作，温文尔雅，无声无息——你几乎能从劳动所发出的声音大小直接判断出劳动者地位的高低。其间还存在一种平衡，脑力劳动者时时经历着不为人知的喧响与躁动；而一个体力劳动者，尤其当他艰辛做工的时候，内心却享受着无比甜美的宁静，如同风吹掠叶子，而不影响稳定的根，细小清畅的水流从那里被提取出来，源源不断，运抵神经纤维一般丰富的叶脉。

这使我想起那些遍布农田、矿区、工厂以及大大小小作坊里运用身体中的力气赢得粮食的人们,他们年复一年的不辞劳苦是否与内心对宁静的持久需要有关。

20世纪70年代,人们习惯积攒木料,以便有一天可以把木匠请到家里制作几样基本的家具。各家的床底下,筒子楼过道的天花板上,堆陈杂物的储藏间,经常可以发现长短不一的板子、木条,甚至一些散碎的小木块儿——它们已经从整体上锯下来过,被更省俭的人捡拾起来幻想着重新利用。院子里充满叮叮当当的敲打声和锯木头的声音。我蹲在地上,看着小崔木匠灵活运用种种奇怪的工具:墨斗、刨刀和锯子,这使他的劳动具备某种神圣的性质。在他的刨具下,积陈的木料剥除下灰暗的外表,露出崭新的内质,仿佛从未被时间侵蚀。洁净的刨花一层层落下来,藏在一块木头里的可能形状就这么被一层层地发掘——这是多么特异的禀赋。也许揭秘者小崔因此得到神的诛罚,那道手背上的锯痕,永远不会愈合;也许,人是最能隐忍疼痛的动物,小崔从未发出任何抱怨与呻吟。坚强得近于麻木,人们称呼这种人为"木头"——木头三缄其口,无论面对的是伤害,还是死亡。

是否因为疼痛以隐蔽的方式得到转移？多年后我在搬家收拾家当时发现了小崔当年打制的一个板凳。它曾经闪着清漆悦目的色泽，现在，它再次回到几块旧木头的组合模样。掸去一层厚重的浮土，我坐在上面，板凳有些摇晃，并吱呀作响。就是从这微弱声响里，我听到锯条在木头身体上拉动的声音，听到毁灭对于一座森林的迫近，最后，我听到了一个十几岁的小木匠因其手背上的伤痕而感到的细小而持续不断的疼痛。

票证

我最初把幸福社会理解为得到想要的东西不需要太多的条件或代价；苦难和贫穷反之，为一份果腹口粮，要付出的血汗里甚至包括命。当我在小学作文本里语气铿锵地表白为祖国2000年实现四个现代化努力学习的决心时，却同时感到隐隐凄凉——太遥远了，我担心自己活不到2000年；即使有幸熬到那天，我是不是像神仙一样老，咬不动免费的硬糖？表面的高尚之下，涌动着私鄙的烦恼——作为孩子，我还体会不到信仰的感召，只想着物质的好处，想着按需所取，想着尽情吃肉。那个年代，爸爸梦想买辆永久牌的二八男车，全家为此省吃俭用、多年积攒，爸爸已一一备齐工业券，只盼着单位分配的宝贵的购车券能早日落在自己头上；今天的商场里，轻易可以看到初中生用自己的压岁钱挑选着花花绿绿的山地车，不需要什么票证，假如有足够的钱他可以买来任何物品——购物的简化过程比所有言辞都更能让我切实体会我们正向着幸福的方向前进。

这个被童年迷人幻想过的2000年终于抵达，我庆幸自己健康，尚且年轻。穿着千里靴的时间一下子就从身边迈过去了，我像魔法中瞬间长大的孩子。某天，我突然意识到一件有意思的事——当服务质量令人不满时，我不知不觉学会以义正词严的态度表达意见，这不仅因为我已享有成人身份，更重要的，我已淡忘，售货员曾是我眼中最有权力的职业。

售货员决定五分钱的醋到底能打到半瓶还是三分之二，心情好的时候能否多给你舀上一勺黄酱，篮子里的鸡蛋是大是小，猪肉是肥是瘦。20世纪70年代末、80年代初的售货员大多态度恶劣，这在某种程度上是为了配合他们心理上的权威感。曾经的物质贫乏是件让大家丢脸的事，但这确实给售货员们长足面子。我回忆起自己如何对卖菜的叔叔阿姨甜言蜜语，希望他们受到讨好语气的贿赂少给我点儿烂菜帮子——生活已在教导十岁的我学习屈辱的好处。一进入副食店的大门，大缸里的酱油、醋、花椒、大料和糖……它们混合在一起那种复杂又熟悉的气味让我兴奋。在攒动的人头后面，隐隐露出售货员深蓝的大褂，我立刻习惯性地乖巧起来。

住在我家三楼的刘勇叔叔，一直被认为是院子里的能人，

"路子野",令人信服的例证是他与好多售货员关系莫逆,能买到又大又好的鸭梨。售货员身居要位,他们看守着令人向往又不能轻易得到的东西。一个售货员可以仅仅因为给领导在案板下私留几块好肉,就把自己的几个儿子全从工厂调进机关。今天听来多么可笑和荒谬,却是那时颇为合理的逻辑。排队的时候我最经常展开的幻想就是与售货员熟络,他抬眼惊讶地发现了我,马上热情地打招呼:"快到前面来。"人们羡慕地瞅着我,而我,笑着摆手:"没关系,李叔叔,马上就排到了。"可事实相反,落在队尾,我遥望着手起刀落的售货员暗自揣想他的脾气与情绪,担心会不会受到某些无辜的牵连——他们对小孩子一般态度更为恶劣。顺着油渍渍的黑围裙和寒光闪闪的刀刃向上看,我害怕遭遇一张不耐烦的严厉的脸。尤其不愿碰到那个中年妇女,她特别势利,凡见小孩来买肉,刀锋一偏,专拉油腻的肉皮和肥膘。轮到她当班,我宁可在副食店里四处转转,争取熬到她换班。为了得到稍瘦一点儿的肉,我可以一等再等——时间是一种不具备什么价值、专门用以消耗的物质。漫长的一无际涯的队伍并不让人反感,相反,它调动起人们参与的积极性——经验告诉我们,在队伍的最前端,一定出售着什么价廉物美、需要凭借运气才让碰到的商品。

买肉的人们一步步向前移动，终于轮到我了。我彬彬有礼，期待着赢得售货员的好感："叔叔，我要二两，请您给我来点瘦的，好吗？谢谢。"我的礼貌从未奏效，但我坚持，想象着下次会有不同。当我一脸堆笑，换回显然属于边角料的一小团肉，我涌起失望，乃至失败之感。如果没有得到谄媚的实惠，我立刻就意识到谄媚的羞耻。拇指的指肚隔着濡湿的草纸微微陷进牲畜的肉里，我感到一阵恶心。更糟糕的情形是什么也得不到。当案板上的肉只有小半扇了，为了防止别人加塞，队伍衔接得越来越紧凑。有一次大能人刘勇叔叔从后面走过来，借着和卖肉的售货员攀谈之机不排队就买走了整斤肉，秤杆有力弹起的一瞬售货员迅速从盘子上抓起那块肉——我们都明白，那绝对是超过一斤的分量。刘勇叔叔在旁人交织的蔑视又羡慕的复杂目光中离开。正因为他提前买走的这斤肉，轮到我的时候，肉案上空了，售货员漫不经心地用刀刮着案上的油泥。队伍在身后一下散开，而我还怔怔地站在原地，眼里汪着委屈的泪水。排了整整几个小时，别人却轻易夺取我按照顺序本应得到的部分。为什么他就可以不排队？我愤怒，却毫无办法。我多希望每个人都遵守纪律，孩子也能享有平等的机会——排队，肯定是由弱者发明和提倡的。强者创造顺序，而不是遵守；而弱者的服从也是理智的选择，否则他甚至得不到最少的供应。

好在还有间或的成功作为鼓励，加之买肉剩下的零币可以归我，它们当当地掉落进存钱罐里，悦耳动听——如果没有这些辅助条件，我早对买东西失去了兴趣。最有成就的一次，是我买到一块新鲜诱人、靠近肋骨的好肉，我现在几乎能够回忆起它狭长的形状和漂亮的颜色。大约是切割的分量与我的要求精确地吻合，售货员没有像平常那样搭配一块肥膘，才让我占足便宜。那只死去的猪身份非凡，它刻意要在一个孩子的头脑中留下经久不息的印象。用来包裹肉的，并非平日那种粗糙的稻草纸，代之以一张翠色欲滴的荷叶。回家一路欢畅，在妈妈面前急于邀功请奖，我小跑起来，不时嗅嗅，植物叶片的清香和生肉的味道古怪地交融在一起。晚餐的主菜是红烧肉，每个人的盘子里都分到了几块——这是几两肉除以人口的平均数。饭桌上格外安静，整个房间里弥漫着鲜香的肉味儿，谁都能感觉那种幸福。我吃了两口米饭，看着碟子里汤汁红亮的红烧肉，视觉享受几乎直接转换成味觉享受。第一块肉被牙齿精细地分解为一丝丝的纤维，经过很长时间的品味之后才咽下。当米饭吃完的时候，盘子里的肉还节省下三块。我把它们一起吞到嘴里，浓香的肉味儿集中散发出来，那种浪费的享受让我充满快感。

吃红烧肉的时间一般发生在月末，妈妈从来不舍得在中旬以前把肉票用光，总要留出一些斤两以备客人来访。如果没有客人，月底就会把剩下的肉票花掉，要不然就作废了。我盼望今天月初，明儿个就到月末——我盼望时间加速流逝以使盛满美味的饭桌张张相连。如果快点过年就更好了，妈妈会在小白菜丸子汤里加一把粉丝，汤面上浮动着几滴诱人的香油，我喝得烫掉了上牙床的黏膜。现在总觉得鱼翅像粉丝或粉条一类的东西，除了它们形状相仿，可能还有些心理基础——这是票证时代给我留下的错觉——粉丝是一种珍贵的食物。当西方的圣诞老人在长袜子里装满礼物，在遥远而古老的中国，孩子们也在欢欣鼓舞地盼望春节——我想着猪肉饺子和粉丝汤像礼物满满地盛进碗里。

我小时候比我现在更懂得后现代，因为我曾经把天堂设想成一个敞开供应、无人管理的副食店，并且，住在那里的天使从不付账，他们从货架上任意取走喜欢的零食。而人间正形成一种普及广大的美德：节俭。主妇精确计算晚餐的油量，她们控制着手腕的力量——熟能生巧的技术使她们确保瓶口悬挂的油滴顺利回流，不会浪费在瓶子外面。食用油每月限量供应，她们看得到标明在半透明的油瓶上那隐形的刻度。与油享有同等身份的，是鸡蛋、白糖、麻酱、粉丝……它们在副食本里榜上有名。许多东西必须凭票购买，粮票、油票、布票、副食本、工业券，一些基础之物经过国家的仔细计量才发放到每个家庭。难以区分我们是在被控制，还是被照顾。仅仅有钱，并不能使你得到额外的满足——贫困年代，票证制度力图维持某种平等。其实那时候也没谁真正富有，从这点来看，票证制度也在部分掩盖着社会的贫困事实。

  磨损的纸边，油点儿，酱汁的污迹，格子里填写着售货员潦草的出了边框的蓝色圆珠笔字迹——副食本仿佛重要文件掌握着全家命脉。我们的班主任姓吕，经常在班会上对我们进行思想教育，仿佛已预见若干年后什么样的美德和人物将日渐稀有，吕老师讲述的不外大公无私、舍己为人，从雷锋到张思德。当与她长期两地分居的爱人终于调回北京，他们没有把户口迁在一起。户口分开的策略使他家拥有两个副食本,可以更多一点占有。从吕老师的孩子小果那里,我得知另一个副食本的存在,马上开始询问小果多长时间能吃一个鸡蛋,我的心里涌动着妒意,没有联想到吕老师的做法与她的教育方针是否存在出入。

我们从小就明白副食本以及各种票据意义非凡。商场门口,一个等待妈妈的孩子摔倒在地上,打碎了油瓶,奔冲过来的母亲顾不得看看他的伤势已经在气急败坏地痛打他的屁股和后背:"教你好好待着,非在这儿淘!瞧瞧,油全洒了,炒菜吃什么?!"持续的拍击使孩子的哭声一颤一颤的,像洋娃娃的背部遭到拍打发出的声音,我有趣地听着。孩子的哭泣很少赢得同情,他犯下严重错误,损坏了票证特别予以限定的东西,因此而受到合情合理的惩罚。地上漫流开的金黄豆油,正缓慢地令人心疼而无可挽回地渗进土地——对于母子,这都是灾难性的一天。紧握手里的醋瓶,我望着那个挨打的孩子幸灾乐祸。东西比人更重要,副食本上的名字珍贵过户籍簿上的我们。当晚做梦,我弄丢了家里的副食本,吓得一身冷汗。身份是由白纸黑字、公章和数字证明的,离开了它们,我们无法说清自己是谁，无法让人相信本月尚未领取副食本上的特供品。是的，我们的声音无效，只能依靠外在的物质来证明自己——郑人买履的寓言要在生活中反复演绎，就此将我们的一生漫长覆盖。

踏板上下起落，蝴蝶牌缝纫机的针头嗒嗒作响，伴随着沈阿姨的絮叨。她埋怨着儿子的个头太大，做件衣裳这么费布——自卑的儿子一语不发，对着镜子愤懑地一颗一颗挤着脸上的青春痘。买缝纫机的时候沈阿姨管我们家借过工业券，所以对我格外热情。从她家出来的时候，我的口袋里多了两粒话梅糖。我含着，鼓起一边的腮帮，甜酸的味道让我微眯起眼睛。春天的杨絮漫天漫地飞舞，我想如果我有一张很大很大的网，把这些杨絮收集起来就可以做成冬天的棉袄，我们家就用不着棉花券了，把它们全让给别人，换回好多好多话梅糖，再有剩下的棉花券，就换果丹皮和动物饼干。这粒糖特别好吃，除了它本身的味道，还融合着盼望和等待它的味道；当这粒糖完全融化在口腔里，还会被赋予回忆的味道——回忆，那是美味在产生它的利息。为纪念那粒神奇的糖，我不惜长两颗虫牙。

凭票购物意味着对欲望的限制。所以得到的部分所起的作用常常是更强烈地调动欲望，而不是使之满足。不足量的食物使你的胃口始终处于期待的折磨中。后来我才明白，我们劳动，我们努力，我们奋斗不息，其实全是为了争取那票证之外尚未许诺给我们的更大的部分。但是，当只拥有极少，我们只好运用变通的方法使之放大或增多——万花筒中的零星纸屑变成重瓣花朵，委屈的孩子从父母的一声责骂中猜测自己的抱养身份并开始幻想中的流离失所，一个慌乱的初吻让告别之后产生不倦的回忆……都是因为我们贫穷，因为我们小小的贪心，要把单调的"一"修改为庞大的复数。小心地揭开罐头瓶的盖子，我偷偷舔食瓶口的麻酱。芝麻酱又稠又干，麻了舌头。它需要被温水稀释后，才能拌进凉面里——稀释的美味，组成生活的营养。依靠稀释的方式使少的变成多的，这狡猾而实惠的生存技巧贯穿我的成长。也许说狡猾已是养尊处优的态度，有时稀释是必须的，甚至悲惨，比如空了的米缸旁一碗粒米可数的冷粥。爸爸的一个大学同学，我管他叫杜叔叔，也许由于他鼓凸的眼睛给我留下了深刻印象。他瘦，肚皮却圆涨，不知是不是长期喝粥的缘故。后来我才听说他的故事。十多年前，由于难以忍受的饥饿他偷了大队的粮食。他的名誉受到来自肠胃的伤害。杜叔叔四十二岁就病故了，似乎，他已经提前享用尽全部的配给。在他死去数年后，爸爸的另一个同学到我家做客，我听到一种替杜叔叔辩护的说法。这位阿姨说，杜叔叔并不是为了自己才去偷粮食的，他在乡下有个患痴呆症的母亲，每天除了吃还是吃，而杜叔叔是个著名的孝子，自己忍饥挨饿没什么，就怕老母亲受罪，所以才做了令人不齿之事。他的偷窃问题复杂起来，混杂着亲情与孝义。我想起杜叔叔鼓凸的眼睛，无望乃至绝望的凝视使它们改变形状。

在那本名为《苦菜花》的小说里，妈妈把种类繁多、票额不一的票证小心夹在里面。我能够区分各种票证。最喜欢北京粮票，喜欢它邮票一样精密的齿孔，颜色也漂亮，花花绿绿的，细分到两。我曾想把一张粮票收藏起来，妈妈断然拒绝了我，她认为这是浪费。作为一名尽职的家庭主妇，妈妈要保证每一张粮票都准确服务于嘴，绝不是眼睛。我萌芽的审美意识被现实条件所挫伤。其实，美，就是扩大在实用性之外那浪费的部分。浪费和节俭一样，首先呈现的是条件，然后才是态度。中华民族的公认美德是节俭，但我总认为这是一种环境迫使的选择，就像沙漠背景之于仙人掌对水分的珍惜。所以每当"勤俭节约"一词以充分肯定的姿态被书写，我体会的是里面暗含的凄凉而不是沾沾自喜。节俭的本质是利用最小的原材料，创造最大的功用价值。没有人比那个赤脚的小女孩更懂得省俭，除夕之夜，她在柴梗上的火苗里建起天堂——省俭的起始和终点都含有悲剧内容，其过程，充满穷人的自欺与自我安慰。

当然，票证也的确使人得到一种隐蔽的安慰，它意味着某种优越资格的享有。凭票购物，说明持有者处于被管理的范围，说明他具有城市身份。数学课我曾做过一道小学应用题，算一算农场到底有几只鸡。没有副食本的管理，农民吃鸡蛋不必受到限制，如果他们舍得的话——那是一桩多么惬意、多么令人陶醉的事。但农民们却为此自卑。一个乡下人引以为傲的成就不在于他侍弄了多少庄稼，而在于，他的儿孙奋斗成了城里人——他滴落的血汗，终于使他的后人获得力量冲破泥土的黑暗。农村孩子在陋室残灯下苦读，他们的志向是争取一个受到制约的机会，一种需要凭票获得的身份。

今天的我坐在早晨上班的公共汽车上，观察拥挤的人群，他们中既有西服革履的都市面孔，也有背着醒龊行李到处寻找活计的民工——生存在城市，他们唯一能做的似乎就是出卖体力、充当某种工具或机器。后者仅仅因为寒碜的衣着、苦难的面容以及故乡口音而遭到前者的无端刁难和训斥。然而，两者到底区别何在？我忽然跳跃式地想到了童年的粮票，想到那些受到限制的肠胃。由于对比的微妙我暗自冷笑，受到限制而未能盛满的胃大约由两种情形构成，一种因为贫苦和饥饿，另一种因为唯美和节食——极端的寒酸和奢侈呈现出来的竟是同种模样。

而今，人们众口一词，感慨生活水平的提高，追忆着孩童时代的商品匮乏——除了一点遗憾，蜂拥的食品麻木了他们的味蕾，丰盛夜宴似乎不及多年前的一张香喷喷的葱花饼。作为往昔的痕迹，各种票证大多作废，成为收藏家们的新宠。票据就像一些细小缺钙的骨骼标本，它们在寂静的密室里，搭建着昨日虚像。票证一词，包含着对等物、价值、资格、有效性等多重因素，所以，虽然凭票购物的大时代已经过去，但是，票证制度依然存在，甚至是以更复杂、更内在化的形式隐身于现在。

凭票进入公园，象征着对景观的一次性消费。随着公园管理者的检票活动，宣告取消门票的有效性。手中捏着被粗鲁撕去一角的门票，你知道，如果看到旷世美景，一旦离去也就失去了再一次的权利；如若遭遇猛兽，亦不能反悔。不知为什么，我会想起儿时买回家的大米，即使混有沙子或是被虫子蛀蚀，也不能退换。一粒一粒耐着性子挑拣埋伏其中的小小暗器，或是趁着阳光晒晒，让那些肥腻的肉虫和身体坚硬的小黑虫自动爬出——只能自认倒霉，因为，你的粮票已交给了粮店售货员。

大多数人以婚姻来缔结生活上的同盟，有说它神圣的，有说它庸俗的，挤在一张床上或苦或乐地过着日子。其实婚姻就是凭票供应配偶的制度，一张结婚证换一个老婆。结婚证是短暂有效还是永久保持，要取决于双方的诚意和运气——所以，结婚证上没有期限一栏，为已婚男女留下一点儿弹性的自由，一条后退的路径，一个废除旧证、换领新证的机会。

我们怎能离开票证，离开它们的统筹安排？钱包里有你的身份证，派出所有你的户口底，人事处有你的档案材料……但，岂止如此？！上帝，我们的户籍管理员，他给父母偷偷发放一张准生证，我们才得以游历这个世界。虽然由于工作繁重，我们平日从未领受他老人家的面授，可是，在工作交接时，我们会看到上帝格外的责任心——千万年，他从未疏漏任何一张！他把我们的生命票证一一转交，死神将在上面加盖黑色的印章。

从此作废,一个喧哗的人,一张曾经流通的票证。只有一些幸运儿的票证能够暂时被保留,作为教科书里的肖像——那是被历史选中的,像收藏家们喜欢的旧日粮票。

当人们无动于衷地倒掉昨晚的剩饭,我知道,凭票购物的记忆已经模糊。语词消失,然而,它的制度被继承。

铁
轨

有人仅凭倾听,就洞察破绽。手里握着工具,他不慌不忙地沿铁轨行走,边走边敲,巨大的打击声隔上一会儿就空阔地回响开来。他在破旧的蓝棉袄腰间随意束了根粗草绳,棉袄有一处露了不太白的绒团子——里面絮的肯定是保温功能薄弱的陈年棉花,使他有时要特意停下,跺跺脚,或把检点锤掖在胳肢窝里,呵一呵发红的粗糙大手。帽子的一只护檐儿半翻下来,就像只奇怪的耳朵随着他的走动忽扇忽扇的。他的五官也似被冻住了,脸上,什么表情也没有。这是我第二次看到这个巡道工,上一次他在用尺子测量轨距。但从未听他开口讲话,他就这么始终缄默,从事着在我看来既神秘又缺乏意义的工作,就此隐藏他的来自与去往。铁轨伸延,并列的射线一样没有终点;下面是枕木,风吹日晒,它们早已失却木头原有的纯净颜色,污旧而布满短小裂纹;再下面,铺着许许多多的碎石道砟。火车是庞大的,大地是宏阔的,要想让两种伟大之物相互融合与依托，中间，必须填充卑微的物质，就像枕石，就像苍生，成为造物与死神的交易。我们几乎可以把一切重大事件分解，直到，看见那注定被压迫，注定要牺牲掉的部分。一个毫无瑕疵的世界令人无法应对，这个巡道工，需要找到他赖以维生的错误。从声音中我们不能听出有什么不同从而判断故障，或零件在哪一个环节上有些许松动，而他能，这个从简单劳动中破译出密码的人，栖身于端倪与它即将造成的恶劣后果之间。身影越来越小，最后他完全消失在远方渐渐洇开的浅灰里。

我见过被废弃的轨道。雨水淋落，使杂草更茂盛地滋生，掩映锈黄的铁轨。在那里，停着一节拆卸下来的火车车厢，赤膊的铁路工人们在里面晃动，抽呛人的烟卷，随手拿起摆放在窗台的搪瓷缸子大口喝水，喉结上下滚动，发出很大的声响。太阳地里的绳子上晾晒着红红白白的背心，映衬上面白白红红的字迹："为人民服务"。黄昏里，口琴声声传扬，吹琴少年孤身在异地谋生，如同螺钉，他要拧紧在锈蚀的铁路线上，积攒皱褶的毛票、油污的硬币……想象着掀起新娘羞红的盖头。少年还不知道，家乡的迎亲队伍吹吹打打，抬起嫁妆，这就娶走他心爱的姑娘。路停滞在此，不再通往明亮的目标。巡道工不必在这里竖起他聪慧的耳朵，就让它破损，像爱情，被少年暗夜的眼泪所浸泡。

我们小学旁边，有一个道口，那里的铁轨由于火车经常驶过而闪闪发亮，仿佛大地上的两道划痕。每天固定的时间，看守人缓缓放下黑白相间的宽扁道杆，行人和自行车都被阻隔在两侧。他们不耐烦地按响车铃催促，这徒劳，并且可笑。一会儿，远方那个黑乎乎的斑点迅速扩大，它驶近了，脚步震耳欲聋，这个愤怒的钢铁巨人让所有的人安静下来。仰头望着高高驾驶室里的火车司机，只一掠而过，而我记住了他帽檐下沉着的眼神，没有比他更威严的人。形形色色的旅客，从车窗探出头来，睁着因长途旅行而困顿的眼睛，火车将他们挟往不同站口，暂时离开原来的生活环境和节奏，谁也不知道，一生的修改是否就此开始。长长的加挂多节车厢的货车装满黑亮的煤，冻僵又被打碎——煤是夜晚的尸体。整根的木方，它们曾经披拂的树叶在丛林故地肥沃的土层中腐烂。还有巨型油桶，用漆鲜明地标着"危险"两个红字。更多的车厢，仓门被一把大得像冲锋枪的插销别住，零碎的物件在门后的麻包里拥塞着，往往是家庭成员之间的相互寄邮，沿着铁路，亲情要像子弹准确击伤游子。人和物，全都卷进狂奔的速度里，而铁轨铺陈，保证一切都在这种高速前退让。道杆慢慢抬起，性急的小伙子已猫腰从渐渐抬升的高度下钻过去。人流重又涌动，火车远了，远成一条粗黑的绳索。一段突然切入你生活的内容，马上就撤空了，没有痕迹，我却隐约感觉，心被什么，抽中轻轻的一鞭。

左摇右晃，踩着铁轨我漫无目的地行走。两侧，田垄荒芜，一群麻雀起起落落，在枯透的庄稼茬里希望渺茫地搜寻残余下来的麦麸。我不知道自己因何热爱这条冬日寂寞的铁轨，隔上一段时间，就从学校附近的道口出发走上很远。事实上，对于火车的狂暴力量，我敬畏中带着恐惧。火车，几乎是工业时代最具象征色彩的机器。而我对机器性质的东西一般怀有或多或少的恐惧，从未像其他孩子那样好奇地拆开后盖，偷窥一只钟表的内脏。当我无意间在修理铺看到被旋开摊在桌上的盖子，复杂的表芯，犬牙交错的齿轮，我低下头，这是第一反应——我到底想躲开什么逼人的事实？我听说妈妈医院的一间地下室里有一个死婴，他白得好像皮肤下从未流淌过血液，如果不经医生的拆看，你永远不会知道，那么白的婴孩会藏有鲜红或乌黑的脏器。在我看来，事物内部只有被严密保护才会是庄严的，就像火车，你看不出奔涌向前的无穷动力源自它的哪节骨骼。

把耳朵贴在冰冷的铁路上谛听，声音成倍地扩大。火车来了，我把钉子平放在铁轨上，然后跑开。轰轰隆隆的巨轮奔驰而过，列车带动的风吹卷起头发遮住眼睛——它要变一个小小魔术，因而，需要我的配合，短暂地闭目。声音震得我跑得更远一些，心怦怦地跳，每次都是这样，尽管知道自己站在绝对安全的地段。火车显然具备粗犷的气概和体魄，这次，我听到它经过抑制后依然高亢的吼声。但我知道，粗犷并不影响到它细心照料一个孩子的要求。火车刚刚驶过，我立刻跑过去搜寻，一点不费力就找到了——格外醒目，它在铁轨上闪射动人光辉。这是一把精致的小剑，两寸来长，银白，柔软，可以轻易弯折，钉子顶端原本套着的螺母形成逼真的剑柄——天下最温柔、最友善的武器，它只命中一个孤单的孩子易于感恩的内心。钉子，锐利而强硬的钉子，一秒钟之内就妥协了，在一种更为锐利、更为强硬的压力下。

我走得更远。山体在这里被打钻出一个深深的耳孔。稠亮稠亮的日光蜂蜡般封在两端，隧洞，这个放大倍数的黝黯的茧筒，里面空无一物。黑暗这么浓，这么厚，隧洞的黑沉有了质感和分量。这段局部的永不止息的夜晚，被从时间链条上偷藏下来，它安全储存，在浩瀚白昼的内部。天地的音带忽然卡在某个位置上：寂静。声音的真空。有什么蹲踞在附近，暗示寂静是一张薄薄的帘子会被突然掀动。我听到自己变得急促的呼吸。我感到害怕，并为只身钻进隧洞的冒险行为后悔。对火车持久而奇异的兴趣，使我靠近。疾狂之速。钢铁骨架。庞大沉重的体积。短暂停靠。颠簸，自始至终。远方的目的。旅途不可预知。我不清楚为什么要迷恋这些令自己惶恐不安的东西。这种迷恋，拔苗助长般将我置于虚弱的悬浮状态，提前体会到一种近于衰老的枯竭感。也许因为敬畏在自身力所不及之处才能建立。一个人与他的崇奉目标距离越远，力量对比越悬殊，唤起他的自卑感越重，他的崇奉才越忠诚，越持久。我逐渐适应暗道的光线，依稀辨认出一些模糊的轮廓。就在这时，我迟疑地站住，本能地意识到了危险。鸣笛声！回过头，进来的隧洞口正被我所熟悉的正迅速扩大的黑色斑点占据，炽亮的车灯把光像刀子一样捅进隧道的腹地。正处于中间地带，跑出去已经来不及了。我紧紧贴附在侧面的岩壁上，额头几乎抵进砖缝的凹槽里。火车从后面擦身而过，剧烈的轰鸣震得我的耳鼓疼

远方的目的。旅途不可预知。我不清楚为什么要迷恋这些令自己惶恐不安的东西。

收藏

痛不已,声音把我拆开,成为更碎的部分。我从未与火车这么近——生命的边缘变得如此狭窄,只要向后仰身,我就会被移交给另一位管理者:他宽大的篮子里装满暂时空缺的棺木。轰隆轰隆,伴随轮轴的有力滚动,我情不自禁地尖叫起来以缓解精神的极度紧张。时间过渡得如此漫长,以至于火车走远之后,我依然有好几分钟习惯性保持着贴在侧壁的姿态;再缓缓放下,胳膊别样的酸麻。短暂失聪的耳朵慢慢恢复了听力,我听到自己失魂落魄的脚步向前移动。豁亮的光就像把锋利的巨斧劈倒我。坐在出口明亮与黑暗交界处的铁轨上,我在阴影里的眼睛注视自己伸在闪耀阳光里的涂乌的双手:手背是白的,手心却是黑的。我慢慢翻转手掌,很细的煤粉被若有若无的风吹拂着脱落下来,在光里,它们上升。那个下午,我在路边一处石槽存积的水洼里盯住自己倒映的面孔,表情木讷,白衬衫和茶黄的脸上蹭着斑驳的黑灰,仿佛,刚刚经历一场地狱之旅的磨难。

每一种热爱都存在来由,只是我们未必能掌握发现的线索。切出花牙边的照片,浅浅泛黄——这是被时间长久按住留下的指纹。我看到一个清瘦的中年人,个子不高,颧骨明显,我看不清他眼神里的意思。他穿着茛绸短袖,在上衣口袋和扣眼之间搭挂着一条发亮的怀表链。他站在一列火车旁边。他是我爷爷。其实来自父母的注解难以抵消我的疑问，我不敢相信是他，相信他曾经的年轻。我见到他时，他已经是位风烛残年的老人，穿黑条绒外衣，咳嗽着说些无人注意的话，偷饮无度，弯着身子走路——他常常漫无目的地走，因为他常常不认识正走着的这条路，没有区别，所有的道途都陌生，只有走是熟悉的，暂且没有被老迈的腿所遗忘。当我知道爷爷早年曾经当过列车车长的时候，他已沉眠大地。而融在血里的东西追随。我如何才能从薄薄一张相片中推测出他一生的流转变迁？

列车巨轮刚刚驶离站台，爷爷习惯性地掏出怀表，看了看，这是又一次的开始。旅客不停变动，他们的脸叠合着另外的脸，远走或返回，对于他们个人而言，征程悲喜，全是崭新的感受；而对于爷爷来说，这不过是一场浩大的循环。他清楚将要目睹的一切。推拨开众人，抢先找到座位，那虎背熊腰的汉子粗大的手中捏着窄窄的车票——可惜这对比不是人与命运的关系象征，而恰是反证！茫然面对自以为是的目的，他被控制，哪里下车的目的地都是墓地。哭泣的母亲无望追逐已经启动的车轮，他的儿子，已平静摊开手中的报纸。田野铺展，脊背淌汗的农人脚面深深陷进泥巴,偶尔抬眼,远望一闪而过的狭小车窗,他的旁边,是饥饿而早慧的孩子,身后是穷困而飘摇的村庄。地名古怪的小站,风雨剥蚀木牌上的油漆字迹,一个疯癫的老汉每天坐在下面执拗等待,等待他客死他乡的兄弟能重又归来。掌茧丰厚的工人们持续挥动铁铲将煤块添进通红的炉膛,所以,爷爷看到高大的烟囱上方烟团滚动不息。初涉生意的商人,收拾行装准备下车,他迫不及待,这笔买卖太划算了,多亏朋友的牵线,千万不能错过——贪婪使他受到愚弄,输光祖先留下的财产和美德,因为他要从此开始将这次教训应用于一生对他人的欺诈。等在终点的几乎还是少女的妇人,隔上一段时间,就在出口的栅栏门上翘首以盼,她想象相逢,仅仅是想象,已使她因羞涩而在话语间轻微地口吃起来,她单纯得不知道:世间情感大多是这样,一个说爱,另一个,说忘记。这就是一次简短旅行所能造就的沧桑——火车必须狂奔,必须尽快消化和丢弃,否则,它承载不动太多的恩仇。理想主义者或许会把枕木看作琴键,以延展他们幻想中的工业诗情,但是,让我们在颠荡的车厢里坐下来,随便地看一看,就会发现,生命是怎样易于耗损,爱,终结于必定的死亡。也许,爷爷习惯的正是人间悲欢一次又一次的重复,因为重复,他可以一眼辨认出一些微小而复杂的细节变奏。

早年曾当过私塾先生的爷爷信从儒教,好像是一种宿命的标记,他的名字叫周儒宾。他给自己的儿子取名叫"学孔"。具有宗教倾向的人,如果他的生命中接触太多的悲剧,比常人更易陷入哀痛之中。天性忧郁的爷爷没有从儒教的达观和入世中受益。火车紧急制动,但已经来不及了——那个人的身体被截成平均的两段分摊在铁轨上。他多年轻啊,白皙又单薄。他身上没有什么能证明身份,等同最初,他从虚无之中的降生。谁也不知道被他带走的秘密,沉重的秘密,以至于他要抛舍一切与生有关的东西来让这个秘密终止。这个纷扰的世界,到底有多少不能否决的正义,有多少不能替补的情人?他太年轻,缺乏足够的心计和耐力将这些一一计量清楚。爷爷看到他的尸体被人潦草地塞进两个竹筐。而火车将继续向前。诸如此类的插曲累加在一起,让生性敏感的爷爷更对世事抱存悲观的理解。如果忘掉能像记住那么容易,他该有多么身轻如燕。晚年,爷爷越来越依赖于酒——他希望找到某些可靠又亲切的安慰。而这几乎同时成为毁灭的起点。对酒的过分迷醉使爷爷付出了代价,他丢了工作,还有别人对他的基本尊重。而他毫无悔意。盛在瓶中的透明酒液,它真干净。它在肠胃里行走,却能卷走淤积在心底的泥沙。爷爷怎么能抵抗酒的诱惑呢?酒中有天地大气。五行之说,金木水火土,而它们全部汇聚酒中。乌黑巨大的铁镬架起来,这是金的力量;橘色的焰苗燃烧着柴薪,使它们散出内层的香气,这是火和木的力量;清澈的泉汩汩注入,这是水的力量;谷粒要变成更芬芳的品质,而谷粒,正是土所提供的精华。它们之和,足以取走一个人薄弱的理智。

  爷爷珍爱的那只怀表就握在我的手心,是他唯一的遗物。表是康铁贝牌的,产于瑞士,20世纪50年代购买时,它的价格是一百五十一元。它跟随爷爷多年,总是被放在最贴近他心脏的地方。表盘的刻度复杂,罗列很多数字,好像时间不只存在一种记录方式;已然发乌的表链依然柔软,每一个连缀的环几乎都可以和链条中任何一个环贴拢在一起;光滑的硬钢后盖,那么结实,放在手里,沉沉的;上弦时,怀表发出"咔嗒咔嗒"好听的响声。可是,表蒙子不知在哪里丢失了。没有保护的表盘也很快失去了精美的长短指针,再也完不成钟表的功能了,因为它不再记载时间。就像胶卷被拉出暗盒,它所保存的光影信息就作废了；表蒙子打开，时间就被释放出来——爷爷所有富含力量与信心的好日子转眼就不见了。1977年初，所有人都看得出，他迅速萎缩，以确保自己从生死的窄门间通过。除了纵饮大快朵颐后说些谁也不懂的胡话，他几乎成为一个寡言者。不会把心像口袋那样翻开，多安全，什么也不会掉出来，他就让那些为之守口如瓶的东西，慢慢伤害自己一生。由于不需要与别人交流，他连听力也省略掉，听不见老人的哭喊，也听不见孩子的歌唱——他耳根清净，这个世界与他无关。在次数越来越少的清醒中，有一天他把意思表达得非常清楚完整：他要回老家看看。谁也不能阻挡他坚决到顽固的决心。于是，全家把他送上火车。这是爷爷最后一次的火车旅行。两个星期以后，他永远留在老家低缓的荒坡下。

　　1992年，我们在京郊买了一块很小的墓地，我们计划把爷爷的骨灰搬回来。我因此而坐上前往老家的火车。列车员推着咣咣作响的餐车一遍遍从狭窄的过道间穿过，大声招呼，并警告说这将是最后一次送饭。走来走去的人在推销登载凶杀、婚变故事和性保健品的杂志。集体查票的队伍里我看到了本次列车的车长，是个清瘦的中年人，个子不高，颧骨明显，眼神里有我看不懂的内容。我转过头,盯着窗外。我发现自己还依稀保持着小时候的好奇。列车像一把宏阔的镰刀,使两侧树木飞快向后倒去。农舍炊烟上升,像一个人冬天里的呼吸。麦田,一张华丽的桌子,麦子是一种昂贵作物,金的外壳,银的内质,谁还怀疑我们豪华的日子?旅途使我愉快起来。我还停诸热爱想象异人异地生活的阶段,流浪,旅行,各种职业的频繁变化,都能调动我的联想激情。

到达老家的时候,我意外地看到大群乌鸦被倾倒出来,就像另一个世界的废渣。不知为什么,我的心,不自觉地一沉。

我很快就知道了此行的结果。姑姑说,骨灰你恐怕是拿不走了。前两年,也有个亲戚想给他们家的长辈挪个地方,那个老人去世得比爷爷还晚两年,也埋在爷爷的荒坡上。挖开一看,木头烂了不说,邻近几个骨灰盒都离得不远,根本判断不出哪个才是自己的亲人,只好把土又盖上了。我没有说话。我明白了。享有彻底的安眠——爷爷不走,他看够了。

小
荷

淡淡的好闻的雪花膏味儿,我假装继续写作业,却偷偷嗅嗅鼻子——她经过我的课桌,毛衣上旧蓝的花朵暗香浮动。和班上大多数孩子一样,我对小荷老师那么迷恋。她的睫毛因过长而显得稀疏,当她低下眼帘,光亮里投下一根根清晰的阴影线,让我想起幼童的铅笔画和初冬线条简洁的树枝。她站在宽敞透明的窗边,阳光照着她栗色的自来卷的头发,后面用一条素色手绢拢起。她出神地望着远处旧房子的屋脊,房前有一棵大树,它把阴凉下的一群小鸟揽回自己的怀抱,就像磁铁吸附细细的铅笔末……望着望着,她的脸上浮现出一种柔和、羞涩,或者微微吃惊的表情。

天冷的时候,小荷老师的嘴唇有点儿干裂,趁课间休息她小心翼翼抹上一层甘油,双唇便格外湿润,好像水果刚刚降临到采摘的手上。因为语调温柔,出自她嘴唇的每个词都明朗干净、了无心机,甚至贬义词也不过几分淘气而已——小荷老师站在讲台上,听写生词,她一手拿着课本,一手背在身后,似乎已准备好奖励的礼物。随着书写,田格本上新鲜的词语宛如禾苗生长,而每一道笔画又是一条正在打开的道路。名词教给我们创造,天空、土地和大海,粮食、火炬和陶瓷,昆虫、春天和睡眠……命名的权柄落下,世间万物呈现独特无匹的纹理。学习动词,便是对生存技巧的辅导。芭蕾的足尖踮起,豹子卧着,含羞草的羽叶收拢……动词告诉我,这一切都是基于内心的美德;也是动词告诉我,哭泣与叫喊其实和歌唱一样,都是因为喉咙承不住灵魂的重量,承不住爱中的轻盈,就像脆弱的器皿盛不住溢出的水。形容词让我们坦白自己的立场,交流彼此的情感。当我们开始阅读,一个形容词就是一种靠近的方式,有了它们的重重保障,我们就不会盲人摸象般只触及某个局部,移动的手指将覆盖事物黑暗中的五官,于是我们了然于心,不说,但爱恨怀有最充足的理由,放置在最合理的地点。副词夸张,像一个人的口头禅或小动作,可有可无,然而流露着个性。温顺的助词,它们有合作的精神、支援的美德,但常常占据不起眼的位置,像几个溜进影院坐在过道上的小孩。当小荷老师开口,她是一个地位平凡的天使,推开词语五月寂静中的玫瑰园。她教给我们词组的平衡与搭配,指点句子中的骨肉和心房,告诉我们,被丛林掩挡的道路尽头,主题正新月般安静地上升。我开始热爱语文课,无论是啄木鸟似的寻找病句的症结所在,还是让中心思想通过阅读与分析过程结晶而出,以及把打乱顺序的自然段安排到原有的座次,像把姑娘的散发编成整齐的发辫,全都喜欢。比之其他科目,语文显然需要运用感性的理解。一个问题可能存在多种答案,一篇文章会面对不同体会,宽容的语文让我放开想象,让我知道错误也可以是一个通往神秘池塘的渡口——在那里,镜花水月,物体延展出去的倒影虚幻而玄妙,远比事实本身韵味深长。有趣的组词练习,好像目睹两个失散的好朋友重逢;造句又多奇妙,把一个核心词巧妙藏进一句话里,谁能猜出它,似乎不尝就知道夹心糖的味道?

作文是我最不烦的功课。咬着笔头的橡皮,想着该运用怎样的表达。写下一个合适的词,有时伴随一点橡皮碎掉的细渣掉进嘴里,古怪的苦味儿停留在舌尖,似乎也在佐证着这个词的准确——橡皮不必再磨损在纸面。多年以后,当我翻动童年扁薄的作文本,发现正是那些脆质的纸张像蜡封一样保存住往事的香气。作文其实也是一种针对孩子的谎言辅导。谎言比真理更广阔，就像虚无天空与坚实大地之间的比例。我们脚踩泥土，却必须在空气里呼吸——谎言是支持我们能够活下去的重要物质。我们跟踪飞鸟经过的路线，穿行于广邈、空荡因而自由自在的天空里，可那些长翅膀的小骗子，却永远拒绝把我们引领进天堂。读后感里我编造自己的泪水，评选三好学生的时候我编造自己所做的好事并扩散它的影响，我编造在落笔之前从未产生的思想——作文让我为所欲为，这种在空气里随意走动的惊讶与迷醉我将之理解为创造的快感。我不需要对自己的谎言负责，只要它能够自圆其说并娓娓动听。享用谎言的关怀，我仿佛躺在草丛柔软眠床上的甲虫被梦一般薄的月光照临；或是蛹虫，在自己织就的茧里，将翅膀和整个喷涌而出的春天酝酿。我留心小荷老师在作文本上批改的评语：主题鲜明、详略得当、开门见山、首尾呼应……这些成语就像卡尺上精细的刻度把我的写作进度以量化的形式加以标明。她的字体娟秀，一看就知道曾经受过庞中华楷书的训练。她把好句子以红圈点出，仿佛朵瓣上有蜜蜂停靠的花儿因无言的感恩而低垂，那些被小荷老师选中的字词上体现出细微变化的美态。如果我拥有足够的作文技巧，小荷老师一定会对我青睐有加。抱着这样的信念，

我们跟踪飞鸟经过的路线,穿行于广邈、空荡因而自由自在的天空里。

收藏

我比别的同学更热衷语文课和课外读物，向往尽快掌握词性的色泽、成语的知识、结构的建筑学，祈祷自己有一天在孤独中的书写，能像月光下的深海小人鱼一样歌唱，用曼妙的举世无双的歌喉。那时候，我喜欢的小荷老师，会不会十指如花交叠，在微笑中聆听并开始回忆？

无疑，小荷老师是全校最漂亮的，由她担任班主任，我们班同学因此多了几分神气，相比之下，产生了对同年级其他班的同情。一班的马老师，被浆过的态度多么严肃，沉默伸出的食指会在人群中把某个正笑逐颜开的孩子提取出来，等待他的将是交代、检查、请家长的通知和教研室漫长的自省——我们班同学给他起了个绰号叫"判官"。衬衫后面的脂肪罗列成几个层次，三班的邓老师又矮又胖，像只粽子。四班的胡老师挺和蔼，就是啰唆，每节课都拖堂，做个大扫除也要讲上十来分钟；而且太老，脸上的点点暗斑镶嵌在道道皱纹中，在孩子中间形成惊人对比，像无人践踏的洁白雪地被突然翻开一锹湿泥——时光假借她的肉体施展自己的声音，语调冷漠，在它催眠一般的喃喃自语里婴儿被催促着老去，来日无多。小荷老师多年轻啊，经得起时间粗糙的手的抚摸，仿佛精致的银器在打磨下愈加明亮——饱满额头上映着初雪过后柔润的光泽。像是贫民窟里一件偷来的珠宝——在这所普普通通的小学校，小荷老师的出众，制造出某种侵犯到他人利益的对比，无端带有几分不道德感。

小荷老师与生俱来的秀丽，让我初次信服美的具体价值。别人戴口罩，全像古怪的马嚼头，只有小荷老师，露出双瞳剪水的眼睛，像医生那么整洁又让人信赖。小荷老师衣服不多，式样又朴素，但她有两条尼龙纱巾挺好看。春天北京的风沙大，她两条轮着戴，一条淡黄色的底子上绣着红、黄、绿和金银的亮丝，还有一条是白色的，印着红色的小圆点。我爱小荷老师捋头发的小动作、偏襻的黑布鞋、用装满滚烫开水的搪瓷缸子熨出的笔直裤线……她的用品全都让我注意，比如水杯上用玻璃丝纺织的套子，钥匙环上挂着的景泰蓝小金鱼。小荷老师平常住在操场后面的集体宿舍里，铁丝绳上常常挂着她清洗的床单、枕巾，有时还有一件蓝格的假领，让人联想起小荷老师白皙而颀长的脖颈、精致的五官——那件素净的假领，形同优雅的萼片捧出花朵。

美正被传播和利用着。美味诱引舌头，美貌诱引占有，所有的美无不在源头包含着毁灭的元素，因为人皆有之的爱美之心无可指摘，我们乐于把鲜花收进自己的瓶器——口小肚大、脖颈狭窄的花瓶，它的形状说明：不准备退还一旦吞剥下去的东西。美只有在孤独中，才能构成安全的防卫。但即便暗藏的美也是一桩公开的秘密，因此美简直在劫难逃。之所以这个世界还有偶尔而稀少的美呈现着，并非侥幸，乃是贪婪者理智的考虑，他必须为明天预备口粮。当头狼以敏捷的利爪划破牝鹿华丽的皮毛，更多的饥饿肠胃紧随而至——一头鹿除以狼群的胃，平均分享之后，剩下的余数是骨架。

离学校不远的一家照相馆把小荷老师的证件照片扩放到很大尺寸摆在橱窗里，用以吸引顾客——这对我们来说，是偌大荣耀。我蓄意绕道把偶尔来家中做客的远房亲戚带到照相馆门口，只为指点着说一句——这是我的班主任，心中的满足溢于言表。照相馆紧邻一家副食商店，客流众多，爱慕的、挑剔的、轻佻乃至贪婪的各种目光停顿在照片上，人们的身体映在玻璃上形成暗影将小荷老师笼罩……对这一切，照片上的小荷老师只能一成不变地对待，浅浅笑着，抱歉似的，又像无奈。我后来也去了那照相馆，因为办理学生证要一寸照片。一把梳齿上沾满厚重油污的拢子让我厌恶，为了能有更光彩的仪表，我依然捏起来，小心翼翼整理了一下刘海。聚光灯强烈的照射下，摄像师的形象有些模糊，但我清楚看到他右手握住一个气囊，在骤然放亮的一刹那，狠狠攥了一下——暗红色的橡胶气囊，大小和形状都酷似一个婴孩的心脏。当我从窄小的纸袋里倒出洗好的相片，我看到自己与年龄不符的矜持地流露出的一丝微笑，经过那把梳子的修饰过的头发整齐而黑亮。人们的未来大多重演这个比喻过程——为了赢得精彩的短暂一瞬，忍受相互传递的不洁。如果没有机遇，你永远无从知晓藏在美好背后的内容。

"碧玉妆成一树高，万条垂下绿丝绦。不知细叶谁裁出？二月春风似剪刀。"柳丝婀娜，随风摇荡，初春，这只温顺的小小羔羊被轻轻鞭打。我步履轻快地向城郊方向走着，左手提着一袋中药，右手握着一张纸条，上面用铅笔写着小荷老师家的地址。今天上体育课的时候，卫老师把我叫出跑步的队伍。"周与童，你们家是不是住北太平庄？"他问。我不解其意地点点头。"小荷老师托我给她妈妈买点儿药，你能不能帮我送到她们家去？这节体育课你就不用上了，今儿不是星期二吗？下午又没课，送完药你就直接回家吧。"小荷老师向学校请了事假，已经好几天没来上班了，听说她妈妈刚刚出院，需要人照顾。这项临时委派的任务，让我原谅了卫老师难看的喊体操口令时上下滚动的粗大喉结，转而对他萌生格外的感激。我常常猜测小荷老师的家庭，认为她的娴静举止和良好修养源于某种血统上的承袭。今天竟然能去她家里找她，我涌起谜底即将揭晓前的好奇与欣喜。中药蜡丸随我弹跳的步子在纸盒里发生轻微的摇晃，它们大多色泽黝黑，味道苦涩。我不喜欢中药丸，容易让我联想起某些啮齿类动物的粪便。沿着路人指点的方向，逐渐，我的视线里是一片翻耕不久的大地，幼绿的芽苗生长，一种植物浆汁的恬淡气息在开阔的田间融漾。田地对面，是几排低房。我不禁疑惑地站住脚：咦，我怎么像到了农村？

　　我从没设想过小荷老师会生活在经济困窘的家庭。这样的人家，虽是城市户口，生活状况却像清苦的农人。房子非常破，前面小院的水龙头下放着一个塑料桶，滴答，滴答，水珠缓慢地落进桶底……这是一种偷水的办法，我曾经做过实验，把水流控制在极慢的速度，水表的指针就不会转动，一夜时间可以接上满满一盆水。我们班同学的家里都是洋灰地，小荷老师家的地面却是泥巴的,非常坚硬,有一种浊重的潮气。一只铁灰色的盖子油腻的潮虫正试图穿越桌底下的空地,走走停停,犹豫着方向,似乎难以协调繁多的脚足。墙壁上糊满旧报,水渍洇出不规则的暗黄色边缘,报纸上偶尔有几张照片,一个模糊的黑方块,根本看不清内容,这使房间看起来像是打着补丁。虽然是正午,屋子里却若明若暗,豁亮的光线未能跳过那道低矮的门槛。屋子正中,一只光裸的灯泡垂挂下来,电线很长,好像一滴浑浊而寂寞的眼泪。小荷老师正准备服侍母亲吃药,见到我非常意外,几滴药汁溅到手背上,她的脸流露出一瞬间的羞怯。我从她随后的温和问询中依然能觉察到些微不安,显然,她不希望学生出现在自己家里,而不是窗明几净的办公室。小荷老师和我轻声说话,她妈妈倚靠在床上休息,留给我一个褐色的背影。那个背影的肩膀不时抖动一下,咳嗽,我能听得到痰由胸腔上升到喉咙的声音。过了一会儿,那个背影叫了一声"小荷",小荷老师走过去,接过一个铁皮罐头盒。往里一看,是半罐黄绿的痰,上面浮动着一个硕大的气泡……我感到一阵恶心。小荷老师家门外的公共厕所墙质稀松,看得到洼陷的砖缝和风化的粉末。对审美的唯一追求体现在男女厕所的隔断上方用瓦片拼出简陋的四瓣叶形花格，透过它，墙那边令人尴尬的哗哗声清晰可闻。一个便秘的老太太因用力脸上的皱纹拧在一起，衰老的呻吟也会传递到另一边。微微晃动的长条青石板，深黄的尿液和深棕的粪便，血迹斑斑的草纸……我终于吐了，眼眶里汪着泪水。

何其芳在《画梦录》里曾谈到，就像植物有适宜的土壤一样，人生来就有地域性的错误——这时候我就想起小荷老师，想起那种无辜的开放。贫穷是深冬落尽花叶的枝头，是枯水期游鱼搁浅的河床，是受伤的哺乳动物被幼崽含在嘴里徒劳啃咬着的干瘪的乳房。贫穷还是，一个人哑掉的歌喉，黑暗下去的视线，善良的丧失劳动能力者对死的渴念。在灾难的级别排序里，贫穷可能是对身体的最轻伤害，但它伤害了更重要的东西——贫穷是上帝在嘲弄人的尊严。出生时我们两手空空，为了来到这个世界开始创造；贫穷让我们持续原来身无长物的样子，因此它是在嘲弄和否定生的意义。那天告别小荷老师的时候，正赶上她的两个妹妹回家吃午饭。在工厂做工的十八岁的小妹妹用自行车的后座拉回一批亟待加工的衬衫。想象那个场景让我辛酸：三个沉默着的如花似玉的姐妹，在晦暗的灯光下劳动至午夜——缝上若干个扣子,可以挣到宝贵的一毛钱。她们自己,也像原本活泼而圆润的扣粒被钉牢在一个固定位置上,紧锁羞耻。穿针引线,手中的针飞快、尖锐,瞬间刺疼我的心。但我们是否尽知苍凉,当只在隔岸观火的困境中深怀同情?我没有把去过小荷老师家的事告诉其他同学,将这视作对小荷老师的秘密保护。肮脏、混乱、粗糙、丑陋……为了包容那遍布贫穷生活的污痕,体面的小荷老师怎样艰难地努力掩饰——常识课上说,晶莹的雨滴之所以形成,最初的成因乃是由于空气中飘浮着不能忍受的尘埃。理想大于现实的部分,就是令我们一直隐痛的病灶。

不佳景遇并未因小荷老师的善良而得到缓解。《圣经》中该隐和亚伯的故事告诉我们,上帝对祭献的礼物格外挑剔——因为挑剔,他不会轻易放弃所选中的。不久,就发生了那件在学校引起轩然大波的事。我们正在上数学课,面对黑板上的应用题我一筹莫展,这条折成几次放进井里的绳子到底有多长呢?突然,一阵喧哗打破楼道的寂静。脏话好像牙上的菌斑,一张嘴便露了出来——我们听到一个妇女音调高昂、裹挟着脏话的谩骂,这些邪恶的语词好像瓶子里被放出的魔鬼,在课堂上方形成某种可怕的笼罩。数学老师的脸色一变,叮嘱我们:"同学们继续想问题,不要受外面干扰。"然后她快步走出去,把门反手关上。我们先是面面相觑,小声议论,很快,教室里一片嘈杂。坐在前排一个胆大的孩子经不住好奇心的诱惑,拉开教室的门——还没等他探头往外看,小荷老师哭泣着跑过,额前的一缕头发披散下来。伴随着一声"破鞋"的尖厉侮骂,一只随后赶来的黑布鞋呼啸着坠落下来。

尽管学校方面试图隐瞒这条儿童不宜的新闻,我们还是了解到了事情的真相。那个凶悍的中年妇女是教体育的卫老师的老婆,她闯进教研室打了小荷老师的耳光,如果没有众人的阻拦,小荷老师脸上留下的恐怕就不止一道指甲的抓痕。卫老师的老婆堵着校长和教务处长告状,说小荷老师这个狐狸精勾引了她的丈夫。班主任很快撤换为教数学的辛老师,校园里几乎看不到小荷老师的身影,但我们知道,她的问题一直在调查之中。虽然我讨厌那个长相难看、言语粗俗的妇女,但我还不具备独立的分析能力,不得不对大人的意见有所接受,作为受害者,卫老师老婆的谴责是正义的。假设受害者就此以为拥有迫害他人的权利,那么这种正义是不是应该受到怀疑——这问题超出了我的思考能力。我们班的孩子因为优越感被挫败而间接受到此事的牵连,一连数日,课堂纪律都格外地好,因为我们开始学会沉默。据说细节还没有水落石出,小荷老师就出人意料地结婚了,嫁给了一个别人介绍的外地军官。作为随军家属,她迅速远离了这所学校、这个城市,远离了为舆论所建构的羞耻的中心。

  我至今不知道小荷老师在多大程度上破坏到他人的幸福,究竟是她偷窃了不应归属于她的爱情,还是卫老师对她的企图甚至只是好感或道义上的照顾激发了好忌妻子的想象?小荷老师的命运就此被修改,像正画着的直线因肘部被碰撞而突然弯折。那个年代,成长中的我们逐渐形成一系列荒谬的认识。比如:当一个人被太多异性围绕,他的作风便存在疑点;当有一天某个男孩说喜欢你,就应该立即受到侮辱般扇对方一个耳光,否则你就是不纯洁的;第三者永远是不名誉的指代,意味着不洁与无视他人苦痛的自私……我还不懂,法律与伦理的所谓保护,有时旨在保护合法婚姻中的不合理部分。我因小荷老师辜负了自己的完美理想而失望。我不能像今天这般替她辩护。小荷老师离开以后,对她的鄙斥依然持续了一段时间,说她家境贫寒却装得像个小姐，全是虚荣心作祟。我们似乎忘了，过强的自尊和对美顽强的向往，也造就同样的效果。

从此我们再也没有得到小荷老师的任何消息。当小荷老师走向陌生的婚床，谁也不知道，她有桃子般饱满多汁的甜美肉体，她有桃核般饱经刻写的坚硬内心。

焰火

这是一种北方特有的干燥的室内温暖。即使临睡前在暖气片上放了湿毛巾，每个早晨醒来的孩子依然会有低烧似的腮上红晕。新衣服搭在椅背，突然涌来的喜悦让我一跃而起。伴随着短暂的晕眩，我感到鼻子里有点痒，一摸，指头红了。一年的最后一天，我遭遇的第一件事是流了鼻血。

滴滴答答的血迹。除夕，千家万户的厨房里发生着同样的事情：杀鸡。自来水管里的水冻得我眼眶生疼，但鼻血在冷水的冲激下很快止住。我在鼻子里胡乱地塞上卫生纸，低头看见地下一只白瓷碗里盛着半碗正在冷却的黏稠的鸡血。奶奶正拎着两条僵直发青的鸡爪子，把湿漉漉的鸡毛在热水里反复浸烫。几天前买来的这只大公鸡有着易于愤怒的涨红的脸，锯齿形的冠子，墨绿色羽毛闪烁光泽。大公鸡不放弃职守，每当微光乍现时它就开始打鸣，搅乱我的美梦。这种打扰不会持续很长时间——年前，奶奶已磨快了刀。刀是很大一颗金属牙，先于我们的牙抵达并试探。现在，这个热烈呼唤光明的家伙，成为新年的第一个祭品……革命不仅需要敌人和叛徒的死，更需要来自内部的牺牲。从羽毛脱身而出的光裸、塌瘪而瘦小的尸体，让人难以相信这就是那个神采奕奕的司晨者。脖颈松垂，上面横着一道割开的伤口，它紧闭受难的眼睛，肉粉色的身体也被打开，内脏一件件掉出来。既失去了羽毛又失去了内脏，在前往死亡的道路上它已脱得干净。

谁的节日，谁的灾难？锣鼓喧嚣，我们就听不到啜泣。其实所有的庆祝都秘密地建基于某种失败或牺牲。战争胜利，建立在敌军足够多的尸首上；祭祀仪式，建立在牲畜替代的死亡上。必须有血，节日才显得醒目。节日，是变得鲜红的日子。

窗户上铺满冰凌，像蕨类植物交叠着。冬天有一根透明的魔术手指，趁着所有人都在入睡，它绘制图画。我喜欢把掌心紧贴那些冰凉的枝叶，细细水流从手的边缘流下来……用体温化开的地方，残留下来薄薄的冰片，可以被手指摁着在玻璃上滑动。当继续这个游戏，我发现，旧年留下了最后的礼物：雪。

流鼻血的沮丧一扫而光，我尖叫着跑上阳台，满心欢喜。我对过年时候的雪保持格外的热情和期待，它就像好老师写下的期终评语，允许你用橡皮擦掉过去，重怀希望，在一张干净的纸上开始。雪在继续。地上已积了厚厚一层，说明从昨夜就开始了——雪悄悄绕过梦境，使梦境中，叶脉般纤细又交错的小径能够通往黎明，天使搭建的火柴天堂不在临近时陷落。非常缓慢，非常轻，雪不增加光线的重量，剔除阴影使它具有失重的轻盈。胆怯的小嘴唇，微凉的，碰触在面颊的吻，被赐福者几乎并未察觉……一个吻，只消融了自己；只有雪，对离开的脚印和它们前来时一样珍惜。当冬天列入运算程式，成为注定被拆解的被除数，是雪，为我们保留了余数中的小小温暖。我站在阳台上仔细聆听，落雪的时候多么静谧。在雪天，我们全是幸福的聋孩子，只要闭上眼睛，就等于什么都没有发生，包括悄无声息的寒冷……微乎其微的残疾让我们聪颖。冬天适合讲述童话，因为雪和童话相仿，都透明、晶莹，钻石一样闪亮，开花一样短暂又无声。童话终将远离倾听中的孩子，就像雪终将融化——雪，秘密组成童话的词语和标点。而现在，雪如此令人信赖——我看到它到达被肮脏先期占领的地方，神奇地再次赋予那里纯洁。雪在我的舌尖上降落又消融，它的甜在回忆中比真实中更持久，像饼干上的几粒白砂糖。

美好的食物跟随着节日来到舌尖。托盘上盛着水果。汤锅里煮好排骨。案板上排列着饱满的大馅饺子。原本空空荡荡的饼干筒放满酥皮糕点和萨其马。一块松脆的义利牌威化巧克力，在我嘴里甜蜜地化开。我陷入各种味道的牙齿常常愉快地暴露出来，参与微笑。铁锅里翻炒的花生米传出阵阵香气——几个星期前我刚背熟曹植的《七步诗》，觉得用花生油炸花生米是"煮豆燃豆萁"的另一种翻版，不禁为自己的联想得意起来。人们平时节省开销，节省着副食本上的粮油用量，似乎就是为了积攒下来留待重要的日子加以挥霍。如果死亡是节省下来的阴影，幸福作为用以平衡的对称位置的明亮，也是被仔细节省出来的。

人们喜欢节日，它与平时规则相左。节俭变成慷慨，谨慎变得松弛，大人们离开朝九晚五的沉闷节奏，小孩子从作业和家长的训斥中解放出来，为所欲为。但罗丰依然受到了处罚。这个八岁的男孩手背后、脚并拢，贴墙站在单元门口，难受地看着雪地里追逐嬉戏的伙伴，并难堪地忍受着别人的询问。他今天的错误是偷吃放到高处的排叉儿时碰翻了笸箩，破坏了妈妈一上午的辛苦劳作，最可惜是打碎了

童话终将远离倾听中的孩子,就像雪终将融化——雪,秘密组成童话的词语和标点。

收
藏

香油瓶。仅仅因为过年的原因，心疼不已又气得发抖的家长才按捺住自己，将罗丰从轻发落——罚站一个小时——要是在平时，全楼都能听见笤帚痛打在皮肉上的声音以及罗丰的鬼哭狼嚎。许多约定是为节日特别订制的，比如：不说不吉利的话，不打孩子，大年初一不倒垃圾，否则就会倒空家财，等等。这样的日子，大人全变成好脾气，彼此问候，并对孩子的天性予以少有的宽容。倒是罗丰的哥哥罗元一副幸灾乐祸的表情，出出进进的，专门在委屈的弟弟脚下砸响几个摔炮。罗元的生日恰逢元旦，所以他的名字里带着"元"字。他很愿意看到四处张灯结彩，似乎都是对自己表示的隆重祝贺。普天同庆，让年少的罗元有种微妙的不好言传的帝王感。十年前的元旦，罗元的诞生给父母带来无限欣喜，同时，一切宏伟的与之弱小毫不相称的期待也应运而生。也许，孩子的出世的确具有形而上的象征——谁，能像新生的婴儿，浸泡在他人血里，毫发无伤，并被托举向上？

让人高兴的事还有过年准能看到新娘。个人的欢乐需要被烘托，否则就显得单薄而不确凿，所以许多人选公共节日结婚，似乎，能使幸福获得众人的参与和支持。双重喜庆中，红色试图覆盖生活的每个角落……仅仅是覆盖,红色无法改变它暂时遮挡住的事物的本来面目。大红的对联,大红的被面,大红的鞭炮炸响,迎来红袄红裤常常还要红着眼睛的新娘。我小时候分外奇怪,为什么会看到那么多哭泣的新娘。她们新烫的头发散发着浓重的氨水味儿,双腮粉面含春,眸子里却梨花带雨——生活的改变似乎让她们喜忧参半,无所适从,有如渡船人靠近雾霭中的码头时感到了犹豫。这些昨天是少女明天是母亲的女性,只有成为新娘的时候才受到瞩目,再平凡的女子这天也是公主。有一年春节吴菲姐姐嫁给了刘育樟,吴菲抱着她妈妈哭得上气不接下气。我们这些一起去看热闹的小孩面面相觑,根本不理解吴菲为什么伤心,告别娘家又不是奔赴刑场。何况又不是天遥地远的,她的婆家与娘家距离近得可笑:只相隔三栋楼,构不成任何悲剧的条件。那么是什么堂皇或隐蔽的原因,使庆典前的吴菲泣不成声呢?仅仅因为经过嫁接,她的苹果花不能开在熟悉的枝头?似乎她二十五年默默积蓄的美色,从今天开始,会在银行背后的阴影里,被非法而狡猾的手兑换,成为贬值的财富。看着原本骄傲的吴菲姐姐随后周转在婚宴当中,殷勤地倒酒点烟,对菲薄的礼物连连称谢,更加重了我对婚姻的疑惑。

日历上,年庆以红色标记出来,那些弯曲的数字像钨丝一样被接通了电流。节日像玻璃纸里包裹的糖,使我们暂且忘记钵罐中颗粒粗大的盐。节日是低沉音乐中突然提升的部分,是经砂纸打磨后从尘垢中露出的一小块银子般的光亮。无论元旦还是春节,其实不过是某个平庸的日子因为集体的认同而生发喜悦和繁荣,如同凡人被拥戴为王,王冠闪熠的光彩使他的面孔突然与众不同,甚至显出几分神迹。节日是人类为自己编造的神话。人们平时忙忙碌碌,各怀心事,而节日这天,他们的情感汇聚并沟通。这是一种由于相互靠近而产生的暖意,也会因彼此的远离而消失,所以备受珍惜。节日承载着欢乐,并保持着欢乐的本质:易逝。踩在凳子上的孩童迫不及待地撕去旧历,无名的喜悦扩大在他无邪的眼睛里……孩子不知道要面对怎样伏笔深藏的一年,也没有兴趣推测它留给记忆的遗产会有多少,他只是比大人更热烈地欢迎着节日气氛:无拘无束,肚皮丰收。过年的时候大人也有孩子气的天真,他们许愿,敬神敬鬼,对整天烟熏火燎的灶神的意见也尊重起来。大人向神要好运,孩子向父母要糖——"糖吃多了会坏了牙齿",孩子经常听到家长的训诫,所以,他们也不能抱怨老天出于善意的冷淡。

每到过年,我就被提醒了一个重要的词:时间。尽管我在作文里遵从老师的指导,千篇一律地强调着"寸金难买寸光阴",但时间总是空气一样在弥漫中消失,为我所忽略。嘀嗒,嘀嗒。每个生日妈妈让我靠在门边,为新的身高在白粉墙上留下一个刻度:平行线逐步抬升,叫作成长。岁月被压缩,有一天我可以凭借记忆捞取坠入水中的那把剑,却取不出曾经围绕着剑鞘的细腻波纹。嘀嗒,嘀嗒。钟表店里,被旋转着拧开后盖,机芯裸露出来:犬牙交错的小零件,时快时慢的心算能力……修表匠能否帮助我们清除时间的泥垢和锈迹,清除被过去卡死的悔恨,重新精确地预设未来?嘀嗒,嘀嗒。时间代替上帝的手,代替匿名的命运,安排万事万物行走的路线——病入膏肓的人流露久违的苍白笑容,因为他刚才听清了窃窃私语的时间俯在他耳边说出的那句话。嘀嗒,嘀嗒,输液瓶不能缓解血管中的干涸;嘀嗒,嘀嗒,世界在通过一只漏水管道时被缩小。事实上我们缺乏对待一切的耐心,包括时间,所以需要为之划分段落,叫年月日;时间也将我们划分,叫生死——它只切出整齐的一刀。有人迷惘,蜻蜓点水一样从日子上浮掠而过；有人不断沉溺，在疾病、激情、忏悔的循环之中……生活节奏需要适当的缓冲和停顿，于是节日出现，一个必要的休止符，让全体合唱队员能在同一个地方偷偷换气。节日有如孩子手中鲜艳的气球，它被鼓吹，虽然内部空空如也，却能升到被仰望的高处。

每个孩子都曾被孤单的夜晚恐吓：那些敲打窗户的树枝，若有若无的脚步，闭上眼帘依然贴近的鬼脸。但是每年总有几个夜晚，烛火使黑暗起了变化，就像黄金让地下成为矿藏——节日的夜晚，甚至比被光线穿透的白昼更将我们照耀，好像高潮被布置在故事的尾声。我提着孔雀灯笼出门，看到远远近近飘动的灯笼，却看不到提着灯笼的孩子——矮小活泼的蒙面人，增加了夜晚的寓言性质。当灯笼聚拢在一起，夜晚压低的檐角，就筑起一座金色的蜂巢。那个瞬间，我安静地站着，有所等待……蚂蚁用肩膀扛走它们的野餐，灯苗搬移着这个夜晚，直到，它进入记忆的秘密粮仓。

大人们说"纸包不住火"，我不知道他们为什么忽略灯笼的存在。过年的时候，大人允许孩子破例接触一些危险的事物，比如火。大多数时候，火居住在灯笼里非常安全，连一只莽撞的蛾子都不会被伤害；但奔跑和风会使火苗改变方向，然后燃着了的灯笼就像魔鬼的黑舌头舔进嘴里的橘子糖，消失得一点儿不留痕迹。前年，灯笼烧着时李息没有及时松手，结果火势蔓延到他的棉裤上……从此在大腿一侧，这个孩子以伤痕的形式终身保留了对欢乐的纪念。节日比平时更集中了危险的可能。小孩子喜欢亲手点燃哗哗作响的引线，胆大的男人则坚持用手捏着药力猛烈的二踢脚，尽管每年都发生崩伤手指和眼睛的事故。炮仗炸响，造成近乎枪声的效果，还包括缓慢散开的硝烟和空气中的火药味，都表现出欢庆的场面对战争的暗地里的借鉴。我迷恋一种叫作"彩明珠"的礼花炮，捻子点燃后握在手里，颜色各异的彩珠轮流发射出去，每一颗离开纸筒时带来轻微的震荡，它们拖着明亮的弧线最后在高空闪耀。我喜欢这种错觉：那盛开在高处的朵瓣，它们长长的花梗就握在我的手心。当然也有意外发生。一个小孩在放"彩明珠"的时候由于紧张改变了花炮的方向，燃烧的彩珠落在对面楼层的阳台上，烧着了长年积存的旧物。高举到空中的火焰的舞台，那上面开放着一朵硕大的娇艳夺目的昙花，它真美啊。直到它渐渐收拢怒放的花瓣，我们还在欢呼。

灯笼、炮仗和礼花，让我觉得节日就是一场盛大的纵火仪式。每个节日下面都埋藏着暖人的火堆，人人添捡着柴枝，持续上升的温度使一切变得轻盈、透明而光亮，即使有所忧伤，有些孤苦，也可以忍耐，仿佛爱情终将来到寂寞的身体，缅怀来到树根之下的名字。篝火映衬，时间的脸生动起来。在节日的火边烤暖了手，我们能否抵御寒冷，然后在漫无际涯的放逐中且歌且舞，并生生不息？

我们再次看到只能发生在节日的挥霍。它美得惊心动魄，美到可以让最任性的孩子一声不吭地听从。焰火在靛蓝的夜空绽放，过于壮阔的美让我虚弱。施放焰火的夜晚，大人和孩子站满楼顶，看那高大的植物瞬间生长到天庭，果实缀满枝头，又一齐被摇落。我感到内心仿佛经历一场风暴——只有头顶的丰收被神采摘，风暴才能被我承受。从万花筒的这端张望，每一次轻轻地旋转，天空就展现璀璨的新图案——沉迷在似乎是无限的变幻里，感恩的泪水慢慢压弯我的睫毛。神会不会轻视人类的赞美？那些构成焰火的，是否不过是上帝眼睛中的彩色纸屑，轻飘，琐碎，暂时被保留，仅仅被儿童宠爱？但无数和我一样的孩子，多爱万花筒的伟大魔法，它用简单材质筑造辉煌的宫殿,用微小的种粒,铺开朗阔的春天。凝望焰火……无边的飨宴啊,却让我对美保持了永久的饥饿。

我对焰火的向往终于带来危险。路过电焊作业的工人,尽管做医生的妈妈反复叮嘱过,我还是忍不住注视焊枪下诱人的蓝紫色焰火。它开放的时候伴随着低微的乐音。焊工戴着古怪的防护眼镜,让我猜测面具后面的脸。我离开时,从堆积杂乱的工地上捡走一小块生锈的铁板,上面留下蜡泪似的焊锡。这是焰火曾经开放的地方,这是它唯一的隐秘生长过的根。回家的途中,我丢失了这块铁板,但它在我的手心留下了一道明显的锈迹,还有寒冷而带着腥气的铁的味道。即将入睡的夜晚,我的双眼突然感到剧烈的疼痛。尖锐的异物感、对光线的恐慌、眼睑经常的痉挛、迅速降低的视力……我的泪水加重着我的痛苦。药膏根本不能舒缓病情,随后数天里,我蜷缩房间一角,无望地,在哭泣中忍受,盲人般戴着深暗的有色眼镜。电光性眼炎治愈之后,我以为自己畏惧了,可是后来有机会认识了一位焊工叔叔,我终于能透过防护面具,长久地盯着他手中打造的火焰之花:它的色泽低暗下去,却开得更加烂漫。

节日到处是无边的焰火。爆竹的纸屑,就像落了最热烈的花瓣，碎了的点点红色映现在雪地，像小型的焰火。那些举着灯笼兴奋地跑来跑去的儿童，不知道橘色的焰火正因他们的走动在黑色衬底中变化了图形。灯盏不眠，人间的礼花终夜不败……谁会坐在剧场最后尊贵的包厢里，缄无一语地观看？星星，那些瞬间冻硬的礼花，使黑暗闪闪发光。那么，来吧，我要那满天的星光，像突然定格的大雪天——而雪天，施放着一场盛大的洁白焰火，我站在雪地之间，就是站在焰火的中心位置，不知不觉，被抬升到天堂的高度。

是焰火深处不熄的火焰，赐予我一双白痴般永远置身幻觉的眼睛。

葬
礼

画画的睡相有些吓人。眼睛半开半闭，从很宽的缝隙中，露出她微微发青的眼白。一道细而晶亮的涎水迟缓地流下来，濡湿了颊边皱皱巴巴的手帕——或花或素的手帕，每天都固定地别在画画的右肩上，其中一块留着洗不净的鼻血印迹。竹质推车停靠在大树下，画画终日躺在里面，时睡时醒，被推车篾片上的点点虫斑环绕。投射在她扁胖的脸上的、疏疏朗朗的叶影，好像一只只栖止的黑蝴蝶，打开、叠合它们丝绒或薄纱的翅翼。守在画画旁边的，是小保姆芸彩，她无聊地吹拂额前垂下的几缕散发。这是平凡的日常工作，照看这个比她的岁数还要大的婴儿，擦抹她不时淌下的眼泪、鼻涕和口水，喂饭，洗刷被屎尿弄脏的衣物，推她到院子里晒太阳。感情、利益或仅仅是习惯，持有其中任何一项，人们都可以就此相伴多年。

画画以前的照片记录着骄傲的早年时光，她的表情聪慧而顽皮，如今这一切已成为父母不堪回首的怆楚回忆。和缓的，是水流对石块的修改；修改我们，命运只需一瞬。芸彩数任之前的一个保姆，失手把画画摔下楼梯——为了握牢一只旧菜筐。这次事故，不仅摔残了画画的脊椎，而且破坏了她的智力。此后二十年，她生活在竹车里，再也没有走出。那辆竹车，看起来就像童年那只被放大的危险菜筐，就像摇篮，或者坟墓——两者之间本来过从甚密，梅特林克在诗中宣告："我们在摇篮的旅途中，发现自己身在坟墓的边缘。"画画不会说话，不会行走，身处摇篮与坟墓之中，她能够做的与经常做的是同一件事：睡觉。

像一床暖被，深长的睡眠覆盖。盯视着画画，我常常怀疑她是不是在睡眠中不易察觉地悄悄死去。胸腔好似静止的琴箱，她的鼻息如此如此之轻。睡眠是生死之间的一种状态，很难区分其中的界线和过渡——它是生中的死，死中的生。我拉过画画毫无反抗的胳膊，在她上臂的位置，因种牛痘疫苗留下一个扁圆的疤痕，这是一个标记，父母为维护她的健康而做的标记——只有当真正的灾难来临，我们才会发现对疾病的种种警惕和防范，是多么无效，多么可笑。我用圆珠笔在画画的手腕上描了一只手表，这是在孩子间通行的游戏，我自己和芸彩的腕部都被我画上了一只。时间指向七点,一个古怪时刻,天亮和天黑均选择此时,而昼夜在表盘上却没有丝毫区别。蓝色指针箭头一样对准虚空,好像向着某个看不见的敌人复仇。一个意味深长的画面:一个停止生长的婴儿,戴着一只停止转动的手表——时光的巨脚绕过去,你分不清这是一只出于善意避让蚂蚁的脚,还是出于洁癖躲开肉虫的脚。当蜿蜒鼻涕流至画画上唇,我对她感到某种厌恶,我在芸彩脸上,也看到了与我类似的轻微神情。画画永远也不能长大到照料自己,她活一天,就需要别人陪葬一天。我为自己能够一天天长大高兴,因为我从画画身上发现,不再成长是可耻的,即使成长必然要带来衰老。衰老执行正义使命,把我们运抵暮色下的城堡,那里的主人——死神——正抖开宽阔的玄青斗篷,收容归降的魂灵。

谁也不知道死神城堡的确切方位和地址,在更多时候,这个庞大工程被想象成建设在地下。黑暗、潮湿、深闭,植物在那里寄存赖以存活的根系。也许,死正是维护整个生存的根系,它需要被掩盖,才能护佑阳光里的绽溢花枝。相较于天的空旷和洁净,土壤丰沃、密实,裹挟大量杂质和污垢——宽厚大地对死者没有任何身份要求,所有的,都可以在它怀抱中安眠;

而飞鸟,享有天路通行证的唯一使者,即使在死后也不能葬在一片小小云朵里。天堂的高尚与纯净是不是由它带有严格的入选制度决定?它厌恶尸体,只接纳神仙,据说他们永远不死。那么,天堂为什么不是老龄社会?为什么有幸入住者葆有时间无法战胜的青春——而画画,却因为不再成长变为丑陋的生命残品?人神界线是否暴露了天地不公?尽管如此,天堂依然成为梦想的栖居之所被向往和崇敬,而土地纵深处让我们惶恐,即使仅仅俯望一眼井——我看到绿苔布满井壁,而自己熟悉又陌生的面影在铅色水面荡漾,我感到一阵仿佛要被什么俘获的紧张。民间传说告诉我们底下住着谁——在神的世界里,阎罗是最狞厉的一位,这是否也与他的工作环境有关?他和他的小鬼属下态度粗暴,不征求任何意见,直接把人拖曳进受难的阴森地域。据说不义之人都要被阎罗收管,以便在死后,补加在人间没有及时跟上的惩罚。地狱,布置最恐怖的场景,摆放最残虐的刑具——制恶必须要以倍于恶的手段,善恶之间,保持微妙的循环秩序。

每天上学途中,我要经过一个施工现场,这里被挖出一个又深又大的坑穴。马达轰响,红漆掘土机举起钢铲,秘密要在它螃蟹般的螯足下显露。坑壁上留下一道道掘土的齿痕，好像地狱魔鬼抓挠的印迹。淘气的男孩顺着坑壁滑下，在翻松的泥土中，他们找到意外收获：一个破损的骷髅。暗黄色的骷髅上沾着斑斑泥迹，空陷的眼眶被黑暗浇铸。难以置信，他也曾和我们一样有着黎明般的瞳仁。他的嘴，用以品尝、亲吻、歌唱和微笑，而今代之以斧劈下的可怕裂洞。男孩们为此兴奋，在骨头上敲敲打打，试试它的硬度，或者把手伸进去，托顶着头盖骨吓唬胆小的女生。如果想想这掌中之物曾经是个血肉丰满的头颅，就会让人霎时涌起寒意，而现在，它只是骷髅，甚至作为玩具被孩子利用——是死，使之变得可以亲近。

为什么我们天生在情绪上抵触死亡？在我们的近视眼里，号召脚步前进的是希望，其实不然。别无他物，引领我们一生的是死亡——从一降生，死亡就在最前方带领，拖动一节节的年龄车厢，像马力强劲的火车头，恩怨与悲欢，不过是货厢中携带的琐碎之物。事实上，我们对待一切都缺乏耐心，包括时间，所以需要为之划分章节，以产生阅读上的调整感；而时间也将我们划分，只有一次，像刀那么锋利干脆，叫作生死，仿佛篇目的首尾呼应。死，这盏禁止继续通行的红灯从迷雾中散发温暖诱人的光亮，或许，那只是个转乘的车站。我迷恋的间谍电影里有这样的镜头，为了甩开跟踪，男主角换掉衣装，上当的敌人会被一件类似的外套迷惑而失去目标。死又何尝不是一场成功的逃匿？活着，等同于让每颗明天的子弹一一命中，终于，这个末路逃兵找到绝对安全的出口：所有棺椁里呈现一副大同小异的骨架，它们相互模仿因而产生相互保护，而他成为所谓的死者溜掉，带走他的心和血肉，秘密和决定。

红领巾在胸口飘扬，队伍在晨风中前进。每逢清明节，学校按照惯例组织我们去烈士陵园扫墓。在这里，云朵悬浮在瓦蓝的天，一幅明媚图景，隐喻洁白的品质绵存永恒之中；在这里，苍松翠柏将起伏的山岭覆盖，寂静之下，沉睡着值得敬仰的灵魂。死亡是多么出色的刺客，任何森严戒备都无法闪躲他剑锋上的寒光——而他们主动迎上去，以歌唱的喉咙。这是注定要提前来临的死，因为径直地奔赴光明，他们没有绕过暗夜里的埋伏。我被前辈的赴死决心教育着、号召着，向往勇敢、坚定和牺牲。我隐隐觉得，如果没有牺牲，个人的英雄梦就缺少令人信服的内容。但看一看陵园里陈列着这样集中和庞大的死亡，你就会明白，死神的道具不仅只有明处的刀枪，他更喜欢运用暗处的革命和爱情——他让我们死于充沛激情,死于感恩,死于自觉自愿的服从。我记得一个因失恋而跳楼身亡的人,他倒在自己渐渐凝合的鲜血上——生死之间,相距五层楼的高度,几秒钟的时差。自杀者悲惨的死并未成为被歌咏的对象,反而被屡屡非议,由是我推导出结论:提前献出的自愿死亡,如果服务于个人就是懦夫,如果服务于他人就是勇士。向死的道路上,分野最后的信仰。

石碑像一面面变硬的旗。少先队员代表向烈士敬献花圈,新入队的孩子在旗帜下举起幼小的拳头庄严宣誓,他们说:"准备着,时刻准备着,为共产主义事业而献身!"我和同伴用湿布仔细擦抹墓碑上凹陷的字迹,年复一年,风中裹挟的微小沙粒试图将它们磨蚀。老师说,他们奉献生命是为了让孩子有一个健康美好的明天,如同在干旱中以鲜血灌溉一粒种子,未来的树冠将为下一代遮蔽风霜雨雪。如果没有这样的勇者,我们这些孩子不会有今天明亮的眼眸、纯真的笑意。残酷地说,他们死于我们的需要。每座新树立起的墓碑其实都为这个世界的某个局部、某个团体甚至个体提供着秘密的好处。童年要在父母的荫护下才能得到平稳的幸福,可一旦逾越某个支点,事情的性质就改变了——有时一个成人从他双亲的死亡中的获益要远胜于他们寿限的延续。邻居家的十一岁棕棕，趴在窗户上，鼻子被玻璃压成扁扁的一小团。他的妈妈和舅舅在外面大声争吵，抢着要把棕棕风烛残年的姥爷接到自己家居住。这个年近八十、"文革"中受过迫害的高级知识分子，享受着高额工资和补偿，他晚年和哪个子女生活在一起，谁在遗产分配中似乎就可以理所应当占得更高的比例。继承遗产比创造财富快得多，所以，有时实现诸多愿望最简捷的办法莫如期待一个人的死。几乎每个孩子，都将有效而正义地榨取到父辈死亡所创造的剩余价值；并且，人们还将不仅从亲人的死中受益。二十多年以后，当我坐在采访车里穿越陕北平原一个偏僻的村落时，迎面遇到一辆运送灵柩的车子。同行的几个采访记者见到后连连称好，我感到奇怪，咨询后他们解释道，碰到丧事不必沮丧，因为见到"棺材"，有见"官"见"财"的谐音，取其吉利。我不禁大为讶异，一个人为他的亲人所恸哭的死，完全可以为与之无关的人提供精神上的享受和欺骗性的满足。这时候，死被消解了悲剧意义，充满喜剧的欢娱以及闹剧式的荒谬。离亡故者关系越远，死亡温暖的色泽越是清晰。4月5日，为什么清明能够作为一个节日固定下来，而最盛大的春节每年都要在公历上进行烦琐的推算？风筝在清明节前后飞得最高，仿佛是信函，投递给迁居天国的死者。操纵风筝的，是欢呼雀跃的孩童，他们把清明当作喜讯的通知。

一个沉默的陵园，一群热闹的孩子——在扫墓的名义下，谁在打扰死者的清明？紧闭的嘴唇下，牙齿的小小盾牌挡住词语的出入；陵园里一座座墓碑，就像死神清冷的牙齿，拒绝阴阳两界的互访。我们无从得知土壤之下发生的事情，那些生前敌对的人们是否在死后相互谅解？

在烈士陵园的后山上，起伏着一些埋葬无名者骨灰的小小坟包。焚烧过的冥钱残留下黑暗而轻薄的纸片，旁边是荒草，几朵碎瓣的黄冠小野花。这些死者，没有碑碣和墓志铭，也没有来自亲友以外的祭奠。连死都是有差别的。平凡死亡，多么浩荡，多么寂静安详。常伴墓地的松柏不随季节枯荣，就像死亡不止不息，因此成为死神园圃里的首选植物。风来的时候，我听到松涛，一浪一浪的……我听到松涛声里衰老的守墓人用方言歌唱他不能返回的故乡。

在死神为苍生写下的鸿篇巨制里，一桩普通的死如同一个随意设置的标点；而伟人不同，他的死比生更值得纪念。我记住了那场数亿人参与其中的隆重葬礼。沉痛的哀乐从电线杆顶端传送出来，我仰起头，爬山虎手掌一般的叶子层叠覆盖，悬于其中的高音喇叭就像一朵奇特的灰色塑料大花。然后我听到播音员有意放低语调和拉长字距的讣告，他说，一位伟人，我们亲爱的毛主席永远离开了我们。很快，响亮的哭声陆续从每个角落传来。一个正从我旁边经过的穿蓝色列宁装的阿姨几分钟时间都怔在那里，她爆发出一声哭喊："毛主席，离开了你，我可怎么活呀？！"一遍遍倾听着广播，我心里充满疑惑和矛盾，不理解这个名字怎么会和死亡联系在一起呢？我习惯它出现在高亢的赞歌中和塑料皮的封面上。习惯墙壁上大红油漆书写他简短有力的口号，习惯他更长更多的语录被大人们虔诚背诵。在我的意识里，毛主席像个神一样永远不死。在我的胸口，最贴近心脏的位置，妈妈给我佩戴上他老人家浮凸的金色像章，道道阳光辐射开来——他是光明之源，把我们指引和召唤。而现在，我在此起彼伏的集体痛哭中，逐渐感到一阵真实的酸楚，如同一个被抛弃的小孩无依无靠，我也跟随着，放声大哭起来。

　　悲戚的气氛一直持续。晚上八点，大院操场上，悼念的群多么浩荡，多么寂静安详。

收藏

众队伍缓缓行进。远远矗立着高大的毛主席塑像,他挥扬手臂,指向前方。记得曾在阳光下感受一阵微凉,抬起头,我恰在他手掌的阴影里,在他悬浮于上的抚摸中。现在,塑像的轮廓在暗蓝夜色中呈现出清晰可辨的更深的剪影。死者力量大于生者之和——冥冥中,我们似乎还是受到那手臂的指挥。伟人之所以成为伟人,就在于他抽象的一个想法可以改变千万人具体的命运——即使在他死后依然如此。我跟在一个花圈后面,挽联被风徐徐吹动,我听到纸制的叶片和花簇窸窣作响。路灯照耀里,灰暗人群的映衬下,花圈的色彩多么艳丽,艳丽得又有多么古怪。人们系着黑纱,似乎是由夜色之神颁布的臂章;当人群走动,他们右臂上的黑纱连成一条虚线,一个巨大的破折号——死要陈述生命之后的引申意义。

我的胸前别着一朵白花,宛如寒霜,它散发洁白而朦胧的晕光。花为什么与死亡紧密联系?移栽它的鲜艳与芬芳,进入死亡玄暗又冰冷的气息中。想起古铜色绣满菊花图案的锦缎寿衣——奇怪的菊花,仿佛交错弯曲的手指,要最后抓住什么;我也见过夭折的少女,她精致而白皙仿佛菊花一样哀挽的手从单子里垂下来。墓表下摆放着敬献的花环,一个劫持下来的小小的春天的片段，将被浩大寂静吞没。而现在我佩戴的这朵人工纸花，没有香气，没有汁液，因此比真实的朵瓣享有更长的花期。徐缓移行的人群来到目的地——毛主席塑像，重重花圈将塑像簇拥，愈发衬出它的高大与伟岸。我摘下胸前的白花，模仿大人的样子把它别在塑像旁的松枝上。几分钟后，奢华而密集的花朵缀满两棵松柏，在涌着泪水的视线里，我看到它们隐约的开放。

遗嘱指挥我们，遗嘱控制我们。从遗嘱中后代真正要继承什么？我们不能选择它的财富，也不能拒绝它的债务。大至历史丰碑上镌刻的金字，小至父亲的教训，一个孩子从降生之日就接受累累遗嘱——全是来自死者的丰厚馈赠。死者最为富有，天地之大，是他一望无际的宅第，他的话语被用来引证，他的时间挥霍不尽。谁人不死，谁人没有生之后的更高升拔？世界生生不息，繁茂的生对应等量的死。生就是肉体覆盖着骨头，而死，就是永生覆盖着灰烬。

和芸彩百无聊赖地守候着画画，不知从何方传来几声悠远钟鸣。恍惚之中，我们和这钟声一起抵达。画画在光阴的浩荡流逝中入睡，暮秋的叶子讣告般在她摇篮边飞舞，飞舞……这是一个狂热的葬礼爱好者，虽然我们每个人的生命都是在上演一幕关于死亡的、情节进展缓慢的戏剧，但画画，只迷恋尾声和落幕，所以她整个的一生都在持续一场冗长葬礼，活着的人在旁边忙活，而她睡着，不动声色，不置可否。有一次，我在午觉中昏乱不醒，好像是个梦，我看到镜子中闭着眼睛沉睡的自己，和画画毫无二致，于是我在七岁就看到了预设在若干年后的必然葬礼，葬礼上自己随波逐流的平凡表现。我们一生做过很多事，残余的气力只为推开死的大门；也做过不少美梦，最后只为心无旁骛地躺上死亡的眠床。那么，悲欢沧桑，有何种确凿又永恒的意义？

　　画画发出梦呓，谁也听不懂她简约又复杂的表达。我在她的摇篮边蹲下来，奇怪地发现，在肮脏的泥沙地上，残留着一片异常华丽的豹纹蝶翅，它的一端沾着零星土粒。这意味着一场结束不久的悲剧：蝴蝶的肉体已被吃掉，它的翅膀——这美的圣物被饱食的蚂蚁们作为垃圾丢弃。神在造物时留下足够的余数，专门用以牺牲。我把这片残翼捏起来，上面的圆斑就像永不瞑合的苦难眼睛。一阵风把这片翅翼带走，仿若带走一片最单薄、最灿烂也最沉寂的落叶，似乎什么都没有发生，除却我的指尖上沾着的一层细腻柔滑的翅粉。我知道，这是秋天，黄金般的谷物刚刚收进空着的仓廪，农人的脸上浮现一年中难得的笑意。但是，黄昏时分，如果一个人来到空旷的麦田，你会看到，丰收之后，大地一片荒凉。经过收割的庄稼秆参差不齐，被风吹掠，发出一阵阵低泣。就在那长长短短的秸秆下面，失去食物与温暖而不能越冬的昆虫和小动物正无声死去。在视线无法穷尽的辽阔里，我知道，每时每刻，这种事情都在发生，并默默结束。